大旗出版
BANNER PUBLISHING

大旗出版
BANNER PUBLISHING

獵鷹行動

帝國末日 Ⅱ

The End of the Empire Ⅱ
The Eagle Down

目錄

楔子

地點：馬里亞納海溝南端。

「啟動！」隨著一聲命令，有人用手指按下位於偽裝艦橋中操控盤上的一個按鈕，接著，一個簡單的無線電信號，傳至四十公里外一個浮標上的天線，再循著繫留繩傳到海面下四百公尺處的一個裝置，裝置收到信號後，開始向花瓶狀的中空金屬內加壓注入數克的氣體，隨即把注入的氣體密封在容器內，完成後立刻回傳一個信號至水面上的天線。

「武裝完成！」艦橋收到。

「倒數一分鐘……，五、四、三、二、一、零。引爆！」

第二道信號又發出，裝置收到信號後，立刻向圍繞在花瓶狀金屬外的一百二十八個炸藥片放電引爆。瞬時，花瓶狀金屬連同中間空洞內的氣體，被擠壓成小彈珠狀的高密度物體，在零點幾毫秒內，這個高密度金屬物體已達臨界點，引發核分裂，再將自身的溫度提升至近千萬度，又引起核心中的高密度氣體做二次反應[1]，遂形成核融合反應。兩個帶多餘中子的氘（氫同位素原子）融合成一個氦原子，並放出多餘的中子及巨大能量，初始能量以熱的方式發散，以致爆心點高達數億度。

數秒鐘後，自數十公里外的海面，緩緩升起一個巨大翻滾的水泡，至一千多呎高度後逐漸下落，平復於海面，最後被大自然的力量掩蓋。

紀錄各項數據後，一聲「返航」，偽裝艦橋逐漸消失在海面，原來是一艘古皮級潛艦。海面上只留下廢棄的艦橋偽裝物。數分鐘後，偽裝物也隨之沉入海中。

自今日起，台灣正式加入「核子俱樂部」。

這次試爆量總共是三十萬噸，屬於二級熱核反應，全功率可達六十萬噸。時為一九七八年六月，今後每四至六個月可生產一枚，五年後台灣就可以擁有十五枚，屆時再向全世界宣布。可是沒想到三年後最高當局卻喊停，計畫全面停止，而最高當局從未告知中止的原因。

自此，台灣總共生產了六十萬噸與一百八十萬噸的熱核武器各一顆。

一九七八年，設立在林口的「重水」提煉廠，在一九八二年拆除，那麼之前的「重氫」是從何而來？

一九七〇年代初，日本與中共建交，一九七六年日本派密使來台，假好心要提供「重氫」及精密的「重氫」封裝技術。

一九八〇年代，「扶桑百合」（台灣安插在日本的間諜）的報告一到，日本人的意圖便昭然若揭。第二年，最高當局立即廢止了這個核計畫，同時領袖也發現了新希望。

從此，中華民國要走自己的路。

第一章　薪傳

一陣劇烈的搖晃驚醒了「孟少尉」，「開船了。」「孟少尉」心想，「好你個林彪，好你個野戰軍，這回敗在你手下，下回一定要跟你再見真章！」憶起最近一連串天地變色、局勢逆轉，一百多萬大軍如今只剩這寥寥數萬人，擁擠但仍井然有序地在天津碼頭搭船準備離去。自己脖子上則纏滿了繃帶，時昏時醒，一群不忍拋下他的袍澤將他抬上船。本來規定重傷兵是不可隨軍上船的，但經過排上（只剩十五人）戰友死求活求，硬是把「孟少尉」給抬上了船。

「平津戰役」結束了，「孟少尉」是隸屬「華北剿匪軍」的一名砲兵排長。戰況之激烈，最後連砲兵都拼上刺刀，「孟少尉」就是在最後一役中，被刺刀給刺中脖子。

「孟少尉」出生於一九二三年的山東魯縣，原本是一位大地主家的二少爺，為了抗戰，全家遷到江蘇徐州。抗戰末期「孟少尉」孤身一人「棄筆從戎」投向大後方。由於他有大學的資歷，所以抗戰結束後，被訓練成為接收前占領地區指揮官參謀群的一員，但因戰事又起，且戰況急轉直下，最後又被調加入「平津戰役」，時為一九四九年一月十七日。

船本來往廈門開去，卻在中途接到命令，改向開往基隆，遙望海的那一邊，船上眾人不禁淚流滿面。突然有人高喊：「我一定要打回來！」

這是大夥的共同心聲。

「台灣」是他們的終點，五十年後，只有「孟少尉」以探親的名義重回故鄉，其他十四名同排弟兄直到客死台灣，皆未能踏上故土。而在對岸，林彪在一九六〇年代於乘坐飛機叛逃蘇聯的途中，被飛彈打下，陳屍在蒙古沙漠。

時間轉至一九五三年，二兵「阿東」倚著身旁的卡賓槍睡著了，他坐在一艘中華民國籍登陸艦的底艙中。還有四萬多人與他一起，分乘另外幾十艘各式登陸艦，有的自基隆出發，有的自高雄出發，現已集結在大陸東南外海，等待中華民國最高當局的命令。

「阿東」一九三四年出生於台灣南部的一個地主大家庭，他的祖先在四百多年前，自中國大陸遷居來台。「阿東」上有四位哥哥、二位姊姊，下有一位妹妹，十九歲剛結婚時，就被徵召進中華民國海軍陸戰隊，在經歷了嚴酷的體能訓練與嚴密的身家調查之後，被派任陸戰隊兩棲突擊營。一九五三年因國際局勢之機，受命作為反攻大陸的尖兵。在出發前大家都已寫好遺書並交由營輔導長保管。當時人人以擔任這個九死一生的任務為榮。

上船一週後，每一個人都因唱了超過一百遍陸戰隊隊歌而喉嚨沙啞。他們一身美式新裝備，與兩年前美軍陸戰隊在仁川登陸時的隨身裝備相同，士氣高昂。

到了第十三天船卻往回開了，他們接到命令：「行動終止！」

「下次吧！」「阿東」這麼想，但他沒想到是，一九九〇年代，中華民國政府正式明定不再「反攻大陸」。

「阿東」兩年多後退役回鄉，從事農耕，在軍中訓練而來的一身強健體魄只能用於農事，卻又苦於對野豬、田鼠、飛鳥等農害束手無策。後來他買了一把獵槍，在解決農害之餘，也能稍稍緬懷軍旅的時光。

「孟少尉」與「阿東」都是跨越兩個大時代的傳承「種子」，也都在這片新天地開花結果，傳承不同歷史文化的融合。他們更同時見證了中華民國法統在台灣由「統治」、「對立」到「族群融合」的三大階段進程。

第二章　老鷹之歌

他是一個十三歲的男孩，剛就讀國中一年級。男孩出生於一九六二年的台灣南部鄉下，一九六五年一家五口搬出村子，來到這裡的家，前方數公里渺無人煙，左方五百公尺遠才有一間基督教會，右方五百公尺內只有兩戶人家，而後方除了一戶農家之外，就是一大片廣闊的公有池塘。

那是在一九七五年，寒假過完的第二個星期日早上。男孩的姊姊已在遠方的城市上學住校，哥哥和男孩就讀同一所國中，但就快要畢業了。這天，一個萬里無雲的晴天，有一隻老鷹悠閒地盤旋在天空中，哥哥一早就出去呼朋喚友，男孩帶了四隻菜鴿到家裡的二樓陽台操練，而慣有的裝備是一把白米。男孩家有四分之一是磚房，二樓陽台有一座平台，連接著另外四分之三的瓦房，瓦房約有六十公尺長。今天的操練項目是走合掌型瓦房屋頂（屋脊），屋脊約有十五公分寬，一直線大約六十公尺長，瓦房之後有一片是大約八百多平方公尺的魚池，西南兩面則由一百零六棵檳榔樹做為圍牆。

所謂的「菜鴿」，是村裡鴿店因缺陷而淘汰下來的鴿子，基本上不能飛，沒有腳環，本來是用於菜餚，但男孩用低價買下四隻當寵物，自己訓練。

這四隻鴿子被分別命名為菜鴿一至四號，這天是要訓練牠們振翅揮舞的能力，所以男孩把牠們依序放上瓦房屋頂，雖然走屋頂很容易跌下去，但瓦房的屋上邊緣離地面只有不到二點五公尺。男孩先放了一把米在盤子，再餵牠們吃一口，然後便把盤子放到瓦房屋頂的另一端，於是四隻鴿子便搖搖晃晃地走了過去。六十公尺的路花了六、七分鐘總算到齊，看著牠們一起啄著米，喉中發出滿足的咕咕聲，男孩心中升起一陣快意。但就在此時，忽然頭頂掠過一陣黑影，只見鴿群一陣混亂，還來不及反應，一隻鴿子不知被什麼鳥類抓走，另外兩隻掉落在庭院地面，其中一隻甚至掉在屋頂另一邊的地瓜田，原來是一直在上空盤旋的老鷹突施偷襲，且一舉得手。

「竟然在我眼皮底下奪走我一直小心呵護的小生命！」這樑子就此結下，男孩決定要老鷹血債血償。

男孩先為父親那把二十號單管散彈槍特製兩顆銅殼子彈，不論在火藥、小彈丸都特別增量，當者必粉身碎骨。接著，他便等待下一個星期日的到來。

過了一個星期，一早，男孩一看到那隻老鷹又在上空盤旋，立刻派出誘敵部隊，三隻菜鴿抱著必死的決心，搖搖晃晃走上屋頂，男孩則拿著獵槍埋伏在牆角，果然老鷹食髓知味，立刻俯衝而來。在間不容髮之際，男孩開槍了！周圍發出轟然巨響，可惜射高了。只見數根羽毛飄落，老鷹驚嚇而逃，一場精心計劃的伏擊行動就此功虧一簣。

失蹤了四天，那隻老鷹又開始在天上盤旋。第七天，男孩又故技重施，準備賞牠最後一顆特製子彈。可是這次牠無論如何都不再上當，一直在上空悠閒的盤旋。就這樣，一個星期天就這麼一事無成地過去了。

屋漏偏逢連夜雨，兩天後，男孩偷偷在陽台養鴿子的事被他父親發現了。當日下課回家，家中等著他的，是高規格的家法等候。原來男孩的父親最討厭賭博，尤其對飼養賽鴿一事更是深惡痛絕。當父親正準備對男孩嚴厲處罰時，剛好男孩那當獸醫的大表姐夫來訪，家法便草草結束。但父親限男孩二日之內把鴿子處理掉，男孩只好忍痛把鴿子賣了。這條帳當然算在老鷹頭上，想像著來自天空的嘲笑聲，男孩心想：「你笑吧，總有一天我要把你擊落！」

男孩騎了三十分鐘腳踏車，前往離家六公里、市區一家「獵友之家」，買了一斤直徑三點五公釐的實心鉛彈，並向店家要了一些最厚的紙。回家之後，他先做兩顆威力強大、但只有約三十幾顆的銅殼子彈。

到了星期日早上，男孩走上陽台，等老鷹一出現，便瞄準方位一槍射去，結果老鷹完全沒有反應。第二發再射去，依舊沒有反應。顯然子彈的射程還大大不足，該另想其他辦法了。

除了改造子彈之外難道沒有其它辦法了嗎？過了兩日，男孩看到姊姊的軍訓課本上，寫到「機槍腳架可增加射程及射擊的穩定」。此事令他百思不得其解，遂到圖書館查閱各種書籍。幾天後，終於在高三物理翻到「動量不滅定律」[2]。男孩把這一章融會貫通後，已有主意了（其實在火箭動力原理，這一定律更是骨架精髓）。

男孩首先決定再加強子彈的威力（最多能再加百分之十）。然後在陽台上建造一個水泥發射架。開槍時直接把槍托靠在上面，這樣估計可增加百分之十五的射程。在四月五日那天，工程完成後，只消等水泥乾了，便準備在春假後第一個星期日進行「獵鷹行動」。

四月六日，突然所有電視台的一般節目都停止，一律播放同一則新聞——「國家重要的人物去世了」。

到了四月八日，「警備總部」通知全國登記在案的槍隻需上繳保管。男孩心想：「這下子，不知要多久沒槍可用了？」彷彿聽到上空傳來老鷹的嘲笑聲。

「你以為我從此手無寸鐵了嗎？走著瞧！」

說起那把獵槍，可真是歷史悠久。在一九五〇年代末，農家仍帶有狩獵的習性。當時男孩的父親和男孩的四伯父（男孩的父親排行第五）分別同時購入一把獵槍。男孩父親買的是二十號的散彈槍，四伯父購買的是略小的十八號獵槍，另有一位叔伯輩也買了一把二十二號的槍。那時候購買的散彈獵槍是一整套的，包括槍支（含槍套）、槍支保養套件、子彈製造套件、子彈帶、獵物扣緊帶。品項琳琅滿目，尤其是子彈製造套件中就包含了五樣精巧的工具。新槍附贈三十發子彈，子彈擊發後，退出的彈殼可再重覆使用。子彈製造夾的另一端有一尖頭，將其逆向插入彈殼中央，可將已擊發過的底火凸出，再重新裝上底火，放入一杓火藥，這兩道手續可不能相反，否則有可能發生爆炸。再用釘孔器釘出七片厚紙板（與彈殼同一內徑），先用三片以特殊工具塞入彈殼，然後再放入四片厚紙板便完成了。以上是買一把散彈槍所需學會的基本功夫。

最初各人在自己的農場上獵殺鳥獸，但漸漸已無物可獵，於是三人集合組成獵隊，每在農忙之餘，一經有人告知何處有大批獵物，便成群去獵捕，因為他們的農地時常受到鳥獸肆虐。後來另外加入四名農夫負責帶路、拿火把、提獵物，一群六、七人浩浩蕩蕩，所到之處鳥獸絕跡。後來更經人帶路，每幾個月就到山上打獵，經常滿載而歸。這情形一直到一九六八年才漸漸減少。到了一九七〇年代政府頒布「禁獵令」後，從此禁止買賣火藥，大家才澈底絕了此項「運動」。一九七五年初，男孩四伯父的那把獵槍已不知所終，四伯父最小的兒子「海哥」把剩餘的十九顆彈殼以及六袋火藥全給了男孩，這十九顆彈殼觸發了男孩的靈感。

男孩檢視一些未完成的構想，從中選出「蜂巢砲」、「穿甲火箭」，綜合設計出一種新成品。

男孩首先找來十四根長二公尺的十六公釐口徑鉛管，在其下半部各用一根長四十公分的三十公釐口徑鉛管包覆，在兩管之間灌入錫，在下端用鐵鎖住（經過精密的加工）。再將一式十四根相同的「砲管」，依二、三、四、三、二的次序用鋼線緊緊地綁在一起，於是「砲座」就完成了。

接下來才是真正的重頭戲——「彈底噴氣增程爆震彈」，其彈頭主要是用一枚十八號獵槍的銅製彈殼所組成。先將彈殼底部原有一公釐的擊發口鑽成三公釐，再用六公釐的鑽頭將洞口鑽成發射口的模樣。接著混合硝酸鉀、硫磺、石墨，做成低速推進藥，倒入大約六公克再用厚紙板塞緊，在厚紙板的正中心插入一根原子筆芯，凸出約四公釐，最後再用蠟封住隔層，這是延遲引信。

這樣推進段大約有三公分，但別以為推進段這樣就完成了，還差得遠呢！男孩之前做過多次實驗，發現每次把推進藥塞滿火箭點火之後，火箭卻不如預期中的一飛沖天，而是一直噴射直到燃料用盡，而且噴嘴都融化了。幾經查書書後，他終於知道要加大燃燒的速率。當時廣為採用的是「星型開心裝填法」，也就是挖空一個星狀來填裝，男孩據此進而改良。作法是用一根二點二公釐粗的六角型螺絲起子，自噴嘴處硬插入二十五公釐。這樣一點火，則全部的推進藥都只有五公釐的燃燒距離。接著在多出的六角柱型空間塞入紅火藥，留下三公釐，再另用酒精藻膠，調合推進藥，塗滿發射口以及內部剩餘的三公釐空間，另外也將延遲引信管中注滿，等它乾了，推進段就完成了。

再來是彈頭，彈殼還剩一點六公分，男孩到五金行挑選一種適合的圓錐形銅蓋，略加修改讓它可插入彈殼，把它塞滿紅火藥，再用強力膠將彈頭封死，彈體就完成了。

紅火藥是男孩在拆「電光砲」時所獲得，其燃燒速率與爆炸威力可媲美TNT。再來是彈尾，用一片長五公分、寬四點五公分的薄鋁片，於長邊平均剪上三條四公分的垂直長縫，讓鋁片分成四片，但上方以保留的零點五公分相連，接著在靠近上方相連端的長縫處，橫剪零點三公分，便可將剪好的四片垂直彎起，各片向右傾斜（這是用來使彈體穩定及慢速旋轉，在飛行中獲得穩定），再將整片鋁片向內捲成一個圓，並將圓套上彈底邊緣，即成有四個四公分長的彈尾。

再回到砲座，用十四條同軸雙心線，插入砲座底部預留的小洞做為引線，至此則大致完工。總共花了兩個多月的時間及六百多元（錢是以補習英、數為由，向父親騙來的）。

七月三日，暑假又開始了，男孩把砲座架上陽台，將它垂直五度倚在陽台一角，底部使用磚塊固定，再用兩片鏡子及塑膠管，做成遠隔（一公尺）瞄準器。接下來是試射及校正。選在每天那隻老鷹不在時的下午試射，以免打草驚蛇。經過四、五次的試驗之後，已校正方位與距離，只是砲座不能移動。所謂的瞄準，只是瞄準固定的方位，等待目標自己進入。最後將十四枚已完成的砲彈以後膛裝填入各砲管，再各填入十五克的推進藥，塞緊砲管，再把砲管底座分別鎖上，一切都完成了。

男孩的父親、母親每天早上四點鐘都要出門，中午十一點回家。所以每天男孩只有三個小時可以執行「獵鷹行動」。

七月六日，枯等了三小時，老鷹並沒有飛進目標區。第一天就這麼無功而返。第二天，男孩起了個大早，上陽台埋伏。總算皇天不負苦心人，今天老鷹的盤旋路徑靠近目標區，男孩耐心地等著。三十分鐘後，機會終於來了，老鷹飛進了目標區。男孩立刻按下電氣擊發鈕，轟然一聲！交雜著咻——咻——咻——的尖哨聲，六秒後傳來複數的空爆聲。「真可惜，差了二十公尺。」男孩想。忽見老鷹改為螺旋下降，「莫非是尋仇而來？」男孩不禁忐忑。卻見老鷹直往一旁的水稻田栽落，原來是受傷了。

男孩見狀心中狂喜，馬上衝下樓，口哨一吹，帶上乖乖一起往三百公尺外的水稻田奔去。乖乖是一隻二歲大的狐狸狗，有時男孩會把牠當作獵犬用，但其主要功用是當「把風犬」，以免男孩的諸多勾當被父親知道。

到了水稻田看見老鷹，登時滿腔喜悅不知所終。看到老鷹那一副昂然無懼又不屑的眼神，男孩不禁畏然而縮，自慚形穢，乖乖也只是圍著老鷹打轉跳躍，並不吠叫。

男孩脫下身上的短袖上衣，將老鷹包裹抱回家去。把牠放在空置的豬欄內，放了一些乾稻草。檢視牠的傷勢，發覺並無外傷但耳鼻滲血，大概是被震傷了。也不知牠是否明白，「你放心，我一定會設法救你的。」男孩說。接著跑向自己的祕密花園，在右邊牆角的潮溼角落挖了二條蚯蚓，拿去看牠吃不吃。初始牠連看都不看，後來等男孩離開之後，牠還是吃了。

到了夜晚，趁著夜色男孩把老鷹抱到花園中的小玉米田，鋪上稻草，又放了一條剛炸好的魚。因為男孩怕父母早上四點會到豬欄附近準備貨物，若是看到了老鷹，福禍難料。

第二天一早，男孩去玉米田看老鷹，牠精神好多了，而且昨夜給牠的魚，現在已經只剩下魚頭與一堆帶尾的魚骨，顯然這一味牠很喜歡。男孩心中甚是寬慰，遂又到軟土地挖蚯蚓。挖著挖著忽然感覺身後有東西，回頭一看，老鷹正搖頭晃腦好奇地在看。男孩挖到第五下，挖到一條蚯蚓，這時男孩彷彿看到老鷹眼中閃爍著星光。

男孩把蚯蚓拿在手裡餵老鷹吃，牠很溫柔地叨去，並閃電般地一口吞下。這樣接連餵了牠四條。男孩想：「還是弄點別的食物給牠吃吧。」又見牠一身黑色羽毛，心想就叫牠「小黑」吧。忽然心中閃過一絲莫名的疑惑，總覺得怪怪的。接著走入廚房，炸了一條魚，拿過來給牠，牠興奮地用嘴接了過去。忽然一聲急促的嘯聲自身邊響起，男孩一陣遲疑，四下張望，乖乖也發出警戒的低吼聲。原來嘯聲是小黑發出的，就在此時，一陣黑影掠過，另一隻老鷹閃電般降下，與忠犬乖乖對峙。男孩急忙喝退乖乖。至此，一切都明白了，男孩的疑惑就是抓走菜鴿三號的老鷹身上有白色斑紋，而小黑卻是全黑的，原來「白狗偷吃，黑狗受災」。

男孩一眼就認出來了，但仇恨早已煙消雲散，男孩立刻就喜歡上有白色斑紋的老鷹。牠不似小黑般高傲，代之的是呱噪、不怕生。男孩把牠命名為「小花」。

接下來又有新的問題，男孩的父母外出就快回來了。男孩把小黑抱起，帶上那條未享用的炸魚，並帶著小花，往豬欄之後的魚池走去。把牠們放入魚池後方的魚寮內。

到了下午二點鐘，男孩等父母午睡時，又去看牠們。這次帶來二條冷凍的生沙梭魚。兩隻老鷹都還在，看到沙梭魚，迫不及待地各自一口一條吞下。男孩一看心想：「那就簡單多了。」原來男孩家有八座冷藏庫，其中有六座是冰香蕉的，另外二座是用來冰飼料魚，用以供應後面池塘養殖的魚食用。飼料魚俗稱「下雜魚」，其內容包羅萬象，海魚的種類幾乎數不清，像這種下雜魚，家中至少有一噸以上常時在庫。男孩打算把小黑、小花收為寵物飼養，一直給牠們吃魚，則對方圓百里的鳥獸也是一大福音。想著心中不免浮出一幅情景：一出門天上跟著二隻猛鷹盤旋，腳邊跟著一隻勇犬，那該有多威風。

男孩又拿了大量乾稻草放入魚寮內，囑咐老鷹們安心住下來。接著又跟牠們玩了一個多小時，直到母親呼喚他去燒熱水才走。

晚上男孩再去看牠們時，小花不在了。男孩無限惆悵。顯然在另一個地方有牠們的牽掛。男孩心知，有一天小黑也會離開，他只能在心中默默祝福小黑早日康復，也可看到牠們比翼雙飛。

第二天，天一亮，乖乖就把男孩吵醒。男孩跑到魚寮一看，小花已經來了。男孩立刻準備一頓鮮魚大餐招呼牠們。到了下午，小花又離開了。第三天，小花又來了，飽餐一頓之後卻與小黑呼嘯一聲，雙雙向西飛去。

「終於還是走了。」留下滿是惆悵與掛懷的男孩。

又過了三週，有一天早上，男孩正在他的祕密花園整理玫瑰花種，準備要分支接種。忽然一陣風吹過，小黑來了。牠一直看著右邊角落的溼地，臉露期盼。男孩立刻明白了，於是拿起小鋤頭在溼地上鋤了起來，不一會就有蚯蚓出土。這一瞬間，男孩肯定自己真的在小黑眼中看到閃爍的星光。一連掘出六條蚯蚓，小黑將之逐一吞下後轉頭就飛走了。

「該教一教小黑禮儀了。」男孩雖然如此想，心中卻還是每天滿懷期待地等牠到來。之後牠每二天來一次。漸漸地，男孩知道牠必定是來找食物，回去餵牠新出生的小鷹。男孩檢查過小黑、小花，雖不知哪一隻是公的，但兩隻的生殖器不同，所以可以肯定是一對伴侶。

過了幾次蚯蚓的交付行動之後，男孩覺得不是辦法，這樣下去蚯蚓快要供不應求了。遂祭出家中「下雜魚」的主力：白帶魚。將白帶魚避過背脊刺，切成肉條，每條約五六公分長、零點五公分寬、零點二公分厚。一次切了十幾條，果然小黑很高興地全用嘴帶走了。

從此牠每二天來一次，偶而會由小花代之而來。男孩從未讓牠們失望過。季節變化，有時候沒有白帶魚，就用魟魚代替，有時用劍蝦充數，牠們一概來者不拒。

男孩把餵食的地點改成二樓的陽台。這樣開學後可將食物放在陽台讓牠們自己來取。日子一天一天過去，到了第八十幾天，老鷹突然不來了。

就在老鷹失蹤後第四日，男孩的父親買了一百隻幼鵝放養在屋後的池塘岸邊。想起一百隻肥美的白羅曼種小鵝，撞上小黑、小花將會發生何事，男孩心中不禁忐忑。

過了一個多月，那些黃色小鵝已長出參差不齊的羽毛，但是變得全身髒兮兮，令人不忍卒睹。在一個星期日，男孩決定要帶牠們進行下水典禮。所謂「下水典禮」，就是把牠們推進水裡。當天一群小鵝全被趕下水，牠們一直玩到傍晚才上岸。

隔天下午男孩放學回家後，眼前的景象讓他開了眼界，他見識了造物者的神奇手段，池中上百隻天鵝悠閒地戲水。很難相信牠們一天前還是一群又髒又醜的黃毛鵝，這就是「醜小鴨變天鵝」。男孩仔細一看，在一堆白色的鵝群之中竟有兩隻黑色的老鷹，是小黑和小花！牠們竟然玩在一起，兩個黑影飛行跳躍著，不時把白鵝抓起，丟入後方池塘中，而被抓去後面的鵝又立刻跑回去再加入戰團。

男孩一聲呼叫，小黑、小花一看到男孩，立即飛了過來。多日不見，彼此都很高興。顯然牠們好多天前就來過了，也與鵝群混熟了。男孩照慣例招待牠們一頓豐盛的魚料理。

男孩想，牠們可能已把小鷹寶寶照顧、訓練得可以自立門戶了。現在放下重擔，閒來無事便來找他，他不在卻碰上幼鵝，牠們大概把幼鵝群當成男孩的寶寶，男孩不在便代為訓練。想到老鷹們這麼有情有義，男孩不禁深受感動。但回頭一想，萬一鵝群被教得會飛，那可不妙。老鷹們在天快黑時就飛回去了，接下來的二週，男孩都沒有和牠們碰到面。

有一天晚上，父親說已買不到火藥作子彈（獵槍已於八月領回），男孩自告奮勇說有辦法，可從爆竹上拆得。次日即交給父親約十克火藥，父親當即製成二顆子彈。男孩轉而一想：「不妙，該不會是用來打小黑和小花吧？」遂自己重新作了二顆子彈，彈頭換成沙土，偷偷把父親的子彈調包。

在一個週末中午，男孩放學回家與父母共進午餐之後，父親說：「帶你去看一件奇事，不讓你親眼看一下，你是不會相信的。」兩人帶著獵槍，躡手躡腳地到豬舍的盡頭，往池塘看去，竟看到難以置信的一幕。池塘是由T字型水泥牆從中一分為三個小池塘，水泥牆有三十五公分寬，人可以行走。老鷹們命鵝群依序上水泥牆，然後以此為加速跑道，如同航空母艦的甲板一般，向T字型盡頭的第三池衝去，最後跌入池中。平均每隻鵝約飛行二公尺，雖然失敗了，可是可預見其最後必會一飛沖天。男孩興奮地大聲叫好，卻被父親潑了冷水：「我們的財產就讓它飛走了嗎？」

父親調整獵槍瞄準小黑，一等鵝群離老鷹稍遠時，「轟！」的一聲，槍響了，嚇了老鷹一大跳，雙雙飛起。男孩覺得看到牠們露出不可置信的表情。一會之後牠們又飛下來。「好，這次來個一箭雙雕！」父親說完再射一槍。這一槍可惹惱了老鷹，牠們對男孩怒目相向，呼嘯一聲，雙雙臨空飛去。

父親可惜地說：「太久沒用槍，也射得太急了。」要男孩再提供更多火藥，好製作子彈。並告誡不可將今日所見之事告訴別人，否則不是被譏為吹牛即是被視為神經有問題。幾天後，男孩又提供將近二十克的火藥，父親據此又製作三顆威力較大的子彈，結果又被男孩調包了。

自此過了十多日，有天早上五點多，父親忽然回家拿了獵槍就往外跑，並喊：「今天有野鵝肉可吃了！」男孩自窗口向外看去，看到父親在對面稻田裡，隔著二十公尺對著一隻白色的鳥類瞄準開槍。第一槍，對方毫無動靜。父親向前跨四至五步，換上彈藥又開第二槍。那隻鳥類回頭瞪了一眼，自顧自地完全不理會。父親又跨了四步再換彈藥，又開了第三槍。這次目標只退了一步。父親簡直氣炸了，彈藥已盡，父親突然掉轉槍頭用槍托砸去，結果自己卻不小心跌了一跤，鵝也往男孩家的方向飛走了。

後來父親對此事絕口不提（大概是太丟臉了），只叫男孩清點家中鵝群的數量。「九十六隻」扣除先前夭折的二隻，共失蹤二隻。父親一想不是辦法，就在一週後把肉鵝全賣掉，以後再也不養鵝了。

此後男孩每每仰望天空，卻都遍尋不著老鷹們的身影。一直到一年半後，男孩到北部去念書，也還是沒有再見到小黑和小花。

在那段竭盡心力想把小黑打下來的期間，男孩學到了很多，對他的未來有很深遠的影響。

男孩名叫「虎」，是「阿東」的小兒子。

第三章　一枝草一點露

夕陽照著一大一小兩個身影，老人牽著小孩的手，一步一步往家走。「阿嬤、阿嬤，爸爸什麼時候會再來看我？」老婦人對著自己的外孫女溫柔地說：「爸爸在台北上班很忙，但一定會再來看妳。」老婦人慈祥地望著小女孩，心中浮起一陣憐惜的情感。自從一年多前，小女孩的父母把未滿三歲的外孫女送來託養以來，做爸爸的只有上個月來過一次，但也使小女孩整日盼望著能再相會。

自己雖然目不識丁，卻也盡己所能地教育她，祖孫倆在嘉義的鄉下，倒也過得平安愜意。

誰知「天有不測風雲，人有旦夕禍福」。第二天，家裡來了一群凶神惡煞的特務，對祖孫兩人嚴刑拷打，硬是要她們交代小孤女父親的叛逆證言或證據。殊不知這兩人是牛脾氣，受此不白之冤並不屈服於威權，自此每天跟這群虎狼耗下去了。

老婦人一生經歷過多次迫害，從日本人亂槍打死自己的丈夫，又劫掠了自己的家產，再到二二八，今日不知又是什麼原由，總之自己就像一株小草任人踩踏，永遠無處申冤。這次，自己只能盡力保護小孫女了。

從此惡煞們便常來對她們施以酷刑，每次來時都把老婦人綁在木樁上，免得她礙事。然後肆無忌彈地對小女孩施虐，常把手槍的槍口伸入小女孩的口中威嚇，或常把小女孩的手腳打斷。這情形一直持續了三年，小女孩的手腳斷了又接合，好了又被打斷。這群惡人眼看村民開始鼓譟，便每次都帶一車阿兵哥隨行，後來連阿兵哥都看不下去，暗中採取行動。

到了一九七七年十一月的某一天，忽然這些特務不再來了。又過了一週，小女孩的父親出現了，從黑牢中被放了出來，帶著滿身的傷來看她。之後，小女孩和外婆在鄉下又過了二年平靜的生活，小女孩父親才把她帶回台北。在這兩年中，外婆用盡方法教導小女孩忘去仇恨，人世並非只有黑暗面，並教她認識身邊的蟲草鳥獸，了解一切都是生命的存在，一切都有其存在的意義。

小女孩的父親就是「孟少尉」。「孟少尉」是一九四九年隨軍撤退來台，一九六〇年以上尉連長退役，隨即任文職公務員，他直到年近五十，才與來自嘉義的「續」結婚，新婚不久便捲入一場恐怖的白色風暴中。

一九七七年十一月，院長收到高中生「虎」的陳情信，才知道自己的手下已把事情搞得不可收拾。再細查那一對祖孫，更是悚然心驚，原來她們竟是自己曾答應父親要盡力保護的人。院長立即做了果斷的處置，另外他也知道那些手下做事的方法與手段，所以他又叫來「王將軍」，要他專責保護那個高中生，以免遭人毒手。

一九八二年九月，當時的院長早已成為國家領袖。一天突然心血來潮想見一見當時的小女孩。幾個小時後，小女孩被帶到他面前。他從未見過一個人有著那麼深的怨氣，講起話來又冷若冰霜，該怎麼保護她呢？面會只維持了幾分鐘，後來命「王將軍」把她帶去南美，從此改冠母姓為「陳」。本想讓她在那邊生活，可是她太想念媽媽與外婆，第一次只待了一個多月就回來了，不過漸漸地她待在南美的時間一次比一次更長。到了一九九〇年時，她一年才回台一次。

一九九四年九月，小女孩已於「新領土」的政戰官校畢業，隨即奉「王將軍」之命，前往日本保護「虎」。於是，「冷如冰霜」的女孩，遇上了「性烈如火」的「虎」。

一九九四年十二月，她與「虎」結婚。從此「王將軍」的命令變成女孩一生的工作。自此之後的十六年間，兩人共同歷經了許多驚濤駭浪與九死一生的危機。到了二〇一〇年十月，「虎」在日本受了重傷，她努力把「虎」救回台灣。最後「虎」終於撿回一條命，並於二〇二〇年，完成了三十二年前領袖所交付的任務。

第四章　風雨故人來

一九五三年，「風雨故人來」，中華民國來了一位「反共導師」。他與中華民國遷台後的第一位領導人單獨密談了三個小時，這三個小時改變了世人的命運，中華民國領導人成了「世界反共聯盟」的總司令，並繼承了「反共基金」，台灣遂成為「反共基地」與「自由燈塔」。

「反共導師」似乎知道自己的權力即將被剝奪，言詞之中顯得意興闌珊，臨走之時只交代：「不可相信政客們的花言巧語，如果情勢逆轉，勿忘我同胞對貴國人民之情。」

一九五〇年代及一九六〇年代，中華民國對唯一的盟國依賴日深，盟國派軍事顧問團在台北共策劃了三次「反攻大陸計畫」。第三次也就是最後一次，是在一九六八年，這一次的計畫最完善。當時中華民國還掌握了制空與制海權，而盟國保證中華民國只要在長江以南登陸即可，盟國負責長江以北。

當時中華民國經過十九年的準備，陸軍有二百二十萬的正規部隊，海軍陸戰隊有七萬精銳，滇緬邊界有四萬反共救國軍。中華民國還有一項最大的有力點，就是大陸在歷經「文化大革命」之後，人心向背，只要國軍一到，預料便會起義來歸。

後來計畫突然停止，世人都以為是美國阻止，其實正好相反。當時中華民國最高當局得知，美國竟準備以二千五百枚原子彈及三百枚氫彈攻擊大陸華北地區。

中華民國最高領導人至此一顆心如鐵般冰涼，恍如大夢初醒。為了反攻大業，必須付出毀滅大半個中國的代價，自己必成千古罪人，這種事自己是萬萬做不下去的。遂斷然拒絕盟國的合作，計畫因此胎死腹中。

本來在一九六八年，盟國打算由中華民國發動攻擊後發表《美中共同宣言》，宣言中決定把琉球交還中華民國，然後再由琉球起飛戰機，轟炸華北全境，以中華民國作為發動核戰的替罪羔羊。結果竟被中華民國最高當局拒絕，美國一怒之下遂在隔年簽定《美日密約》，將核彈在琉球的貯備增至四千多枚（為攻擊中國大陸全境及反制蘇聯之用），並將琉球交給日本統治。

從此以後，盟國與中華民國漸行漸遠，並與日本合謀，陸續與中國建交，其中的陰狠用心，不言可喻。

拒絕美國核攻中國之後，當時中華民國的最高領導人反覆考量，最後得出結論。從今而後，軍事反攻大陸已不可行。自一九七〇年代起，大陸將成核子大國，台灣必須有應對之策，後來最高領導人決定，台灣必須另找生路，不可把中華民國與世界反共大業的命運繫於一個孤島上。另外須加速發展核武，以為抗衡。

永遠不能達成半生的理想目標，使得中華民國領導人的健康江河日下。他眼見自己時日無多，便把這兩項最偉大的工程託付給他的大兒子，也就是未來的繼承人。

一九七一年中華民國退出聯合國，經此教訓，繼承人明白國家的方針必須修改，必須揚棄「漢賊不兩立」的立場，才能生存於國際空間，但是當時國內的政治氛圍尚不允許。一九七五年，領導人辭世，繼承人決定先經過一段過渡期再接任大位。在過渡期內他先後完成了原子試爆與氫彈試爆，並覓得海外新天地（「新領土」）。完成了這三項歷史任務後才接任大位。

初接大位，嚴酷的考驗接踵而至。先是最重要的盟國與中華民國斷交，並片面廢除《共同協防條約》。一年多後繼承人又從「扶桑百合」的一份文件得知，我們的核子夢只是在為別人作嫁（這一份文件改變了中國、美國、日本、兩韓與台灣共十九億人口的命運），在極力思考中渡過半年後，他的親信「王將軍」告訴他：「那個鄉下年輕人（『虎』）的計畫成功了！」這是上天適時送給中華民國的大禮。

領袖召見這名從鄉下來的學生，獎勵他在硬體上的成就，沒想到他卻送上更驚人的軟體建議，這時領袖才發覺這個學生是多麼異想天開的人，但他所提的建議卻是簡單可行。

最後感於年輕人「勇者無懼」的熱情，領袖將整個國家戰略做了調整。先保台灣十五年平安（「天罡計畫」），同時派「王將軍」親赴「新領土」主持新建設。在國內則剛開始一連串的政、經、軍改革，主要是發展經濟、宏揚科技、清明政治。

「新領土」本準備作為「避難預定地」，新政策改為「反共基地」。先設「先進發展委員會」以研發先進的實用科學，在「新領土」研發多項領先科技的核子、航空、電子等項目。

「新領土」首先於「高超音速飛行」方面獲得重大突破，又完成了高壓「飛行爐管」的設計，此後陸續發展出數十項獨步全球的技術。

一九六〇年代，在金瓜石挖掘到日本人在戰時所掠奪並於戰敗後藏於此地的財寶。台灣當局變現後，用於國內外各項投資。到了一九八八年領袖辭世為止，這一筆名為「反侵略基金」已增至二千二百億美金，加上「反共基金」總共已超過一兆美金，新任繼承者與「王將軍」共同決定，在科技研發方面加大力道，特別是國防科技。重點是在下一世代的軍武，軟體、硬體需並重。

領袖命「王將軍」一九八三年到「新領土」時，曾要他擴展版圖，「王將軍」也不辱所命。「新領土」一九七八年創立時，面積為八千八百平方公里，一九八五年增為二萬八千一百平方公里，二〇〇〇年再增為三萬一千一百平方公里，面積直追台灣本島。「新領土」是一個被四個國家圍繞的內陸區域，「王將軍」到任後，勵精圖治，到了二〇〇〇年共計發展出：

一、四百萬噸級融合武器。

二、二萬噸級「加強輻射融合」武器（融合型中子彈）。

三、倍音速飛行翼。

四、高倍音速巡弋飛彈。

五、半匿踪防衛戰鬥機（IDFP）。

六、超音速反艦飛彈。

七、高超音速動能追熱空對空飛彈。

八、單兵手提防空飛彈。

九、矩陣雷達。

十、多孔徑相位陣列雷達。

一九七〇年代，中華民國自南非購入的核分裂原料，經提煉後只能做成一百五十個雷管，到了一九九〇年已呈現不足的狀態。一九九〇年起經領導不斷的與南非新政府交涉，並與南非領導人建立私交，終於在一九九四年購得兩批鈾，其數量足以製造一千三百個雷管。

世界各國多以「鈽」做為核融合雷管的原料，唯有中華民國是以「鈾」為之。這是因為中華民國在「鈾」的分裂上發現一個重大的祕密。這一機密必須在二〇三〇年才能公開，在此之前，中華民國仍獨自使用「鈾」而捨棄「鈽」。

中華民國自一九八二年起，即晉身核子國家之別。但中華民國一直保密、否認。其實中華民國沒有說謊，因為中華民國沒有氫彈。自「X金屬融合彈」成功以來，中華民國便捨棄了氫彈，而改用威力更強大的「X金屬融合彈」，而且自有一套嚴密的管理辦法及嚴厲的施行原則。除了「融合彈之父」——「虎」——個人取用七十五公斤「X金屬同位素」作為祕密用途之外，對「X金屬」的管理可說是滴水不漏。

一九八三年「王將軍」把「X金屬」的機密帶到「新領土」，並設立獨步全球的「中子撞擊研究中心」。

一九九〇年已知「X金屬」的同位素在自然界有「X-1」、「X-2」、「X-3」、「X-5」、「X-7」、「X-11」、「X-13」。其中「X-1」、「X-2」難以取得；「X-5」、「X-7」、「X-13」可以萃取，而「X-3」、「X-11」半衰期太短。所以初期只取用「X-5」、「X-7」、「X-13」。

一九九三年，經過反覆實驗，「新領土」得知可以以人工的方法製造「X－29」，而「X－29」可以穩定存在。一九九四年決定生產，但需要拿到台灣才能生產。

二〇〇二年，經過五年的浸潤[3]，終於從圍阻體抽出第一批「X－29」，這是世上僅有的「X－29」，從此可以製造「高輻射武器」[4]，其威力約大於現有中子彈的五十倍，有別於「新領土」在二十世紀末所研發成功的「加強輻射武器」。

「X－29」的問世，象徵著人類終極武器的面世，也解決了「泰山計畫」一直以來的道德問題。「X－29」所製成的武器，或許將來可以在世界三大超強之上，做作為制衡的力量，此一祕密武器姑且稱為「死光彈」[5]。「新領土」打算製造八十顆十萬噸級的「死光彈」。

每一顆「死光彈」在離地五千公尺上空爆炸時，下方半徑四十公里以內、地下十五層以上的掩體，其人畜致死率達百分之百。這麼恐怖的武器只能用來嚇阻，絕不可輕易使用。二〇〇八年，「新領土」決定增加六十顆「死光彈」的產量。

中華民國只有在受到核攻擊之時，對敵人施以雙倍報復，及國家遭受生死存亡的最後關頭時才可使用。這是絕對的法律，無人可以違背。

一九八一年美國獲知中華民國已有了核彈，遂迅速派人到台灣強逼我們摧毀核設施，全台只留一座原子反應爐在清華大學，以此扼殺中華民國核研究的幼苗，從此切斷了中華民國坎坷的「氫彈路」。沒想到第二年我們竟然連重水廠都主動拆除，好像我們已經澈底放棄核武。事實上，我們正是在一九八二年祕密擁有了「X金屬融合彈」。

政治方面，領袖一上台便積極推動清明政治，卻由於沉痾過重，只能循序漸進。領袖最痛恨貪汙，但貪汙舞弊已成慣例，非一朝一夕可以根除。領袖非常有耐心，但他知道自己已時日無多，又為了在台灣推行民主，所以吹起一股「吹台青」運動，大量啟用台籍人士，並指定台籍人士為自己的接班人。

另一方面，領袖知道自己的時間不多了，而「虎」則肩負著將來打擊敵人心臟的重任，最後他下了一個決定，自一九八三年起，安排人時而前去教導「虎」一些特殊技能。到了一九八七年十一月，領袖最後的命令是命「虎」執行「紅日計畫」。於是一九八七年十一月十一日，「虎」前往日本，領袖則在隔年的一月辭世。

自從領袖在一九八二年見過「虎」之後，領袖覺得「虎」這樣的一個嫉惡如仇的人，在自己死後，若處於一片爭權奪勢的環境中，不出三個月便會被這群政壇上的惡狼吞噬。為了保護「虎」，便把「虎」歸屬於「新領土」，又令「虎」前往日本執行「紅日計畫」。可在敵人心臟埋下一根刺。領袖的命令非常明確：「不擇手段，關鍵時刻從敵人心臟施以致命一擊。唯一條件是不得作先制攻擊。」

「新領土」則有一條鐵律：「無論任何情形，都不得干預台灣的政治，一旦台灣的局勢踩到紅線，就只有執行『泰山計畫』。」

「泰山計畫」於一九八六年開始實施，為期四十年。是一個雷霆萬鈞、玉石俱焚的工程。一九八六年由當時的「何上校」主持，一九九七年「何上校」升任司令，官拜少將。「泰山計畫」主持人改為「楊上校」。二〇〇九年「楊上校」被任命負責「泰山計畫」到二〇二六年計畫結束為止。在台灣，「泰山計畫」只有五個人知曉計畫內容。

進入二十一世紀，「新領土」在科技研發方面取得長足進展，但沒過幾年，台灣本島上卻發生了驚天動地的大事，在這八年間曾數次面臨啟動「泰山計畫」的危機，幸好八年很快就過去了。當時的台灣領導者想私人併吞「新領土」的企圖也沒有成功（他在上任後即迫不及待地訪問在南美的唯一邦交國，卻換來邦交國的斷交之脅），「新領土」遂於二〇一〇年七月斷絕台灣人民進入「新領土」，但「新領土」仍按計畫，於二〇一二年、二〇一四年與二〇一五年交付台灣三大防禦系統。

二〇一六年，新政府接下猶如一塊破布的台灣，而「新領土」對新政府仍然有所期待。「新領土」因本身不靠海，故本來較不重視海軍裝備，但在二〇一六年將「新領土」研製完成的四大類船體訂單，附加自行研發的鍛接技術，一併交予台灣當局，以落實「國艦國造」政策，但艦上的武器仍由「新領土」提供。

自二〇〇一年至二〇一六年間，「新領土」的代表作有：

一、TMX高爆藥。
二、TML低速高能推進藥。
三、先進多功能預警機。
四、隱形巡弋飛彈。
五、隱形戰機。
六、弓四型反彈道飛彈。
七、電磁推進系統。
八、噴射推進魚雷。
九、隱形長程SLBM。
十、抗EMP反彈道飛彈系統。
十一、死光彈。

除了這些硬體之外，軟體更是「新領土」的強項，只是軟體不浮於表相。

自一九九七年「新領土」決定要發展自己的太空事業以用於軍事，遂於二〇〇一年與法國簽定合約替「新領土」發射衛星，六年後從法屬蓋亞那發射了第一枚人造衛星。這是一枚「新領土」自製的低軌道衛星，二〇一四年發射同步衛星，預計至二〇一九年為止，共發射十六枚低軌道衛星與四枚高軌道同步衛星。屆時「新領土」不但有自己的間諜衛星網，更有獨立的「衛星定位系統」（不受外部干擾），並研發了「衛星導引技術」。從此台灣可與衛星連線，以飛彈攻擊地平線以外的目標。

「新領土」建於世界反共陣營最暗淡無光的一九七〇年代末期，一九七五年「反共領導」辭世，中南半島陸續赤化，世界各地也有多國轉入赤色陣營，全世界進入一片恐共浪潮。但是當一九八〇年中華民國領袖得知日本的陰謀野心後，歷經二年的思考終於明白：「反共並非消滅共黨統治下的人民，更當務之急的是如何延續整個民族的生存。」遂調整國家方針，對一九八〇年代世界各地的反共風潮默默地予以協助。果然一九九五年潮流過後，全世界只剩下中國、北朝鮮及古巴三個共產國家。這是反共陣營第一次獲得全面性的勝利，只可惜沒能解決中華民國迫在二百公里外的威脅。

「反共」一直是「新領土」的中心思想，但當有另外一個民族想要毀滅我們的民族時，我們只能一致對外。所以自一九八八年起，台灣就一直暗中保護著中華民族，但台灣仍未忘了中國共產黨對中華民國自由台灣的威脅，所以第一假想敵仍未變。

第五章 戰爭因子

十九世紀中期，中國開始受到列強覬覦，到了末期，有兩次英法聯軍攻入北京恣意劫掠燒殺，還有中日甲午戰爭與八國聯軍。當時的中國猶如砧上之肉，人人爭而食之。直到美國提出「門戶開放政策」，強調列強對於中國的利益均等，列強彼此之間的勢力有發揮相互制衡的作用，才使得中國暫時免於被瓜分之危（如「三國干涉還遼」）。後來民國成立，再加上第一次世界大戰爆發，各國自顧不暇，不再只想著中國的利益，唯有日本，世代以來皆視中國為其下一代的未來所在，而中國則忙於內戰，使日本有了可乘之機。到了一九三一年，在中國東北軍閥下令「不抵抗」之下，以軍事占領整個中國東北。之後食髓知味，不再以侵占東北為滿足，改以「消滅中國」為目標。

一九三七年，經過日本無數次的挑釁，中國終於對日宣戰。在戰爭的最初一年多，日軍勢如破竹，日本人自認消滅中國只是時間問題，遂把目標放大成「占據整個亞洲」。於是一九四一年又發動「太平洋戰爭」，這才把美國給扯進來。

因此美國完全是被迫參與對日戰爭，進而需要與中國合作抗日，所以並非出於善意而幫忙中國對日抗戰（莫忘了當時日本可是美國一手扶殖起來的），一九四五年日本投降，接著國共內戰。一九四九年國民政府潰退台灣，此時美國本已打算背棄中華民國而與中共建交，可是接著韓戰爆發，逼得美國又回頭支持中華民國，一同抵抗赤色浪潮。

一九五二年起，美國全國瀰漫著一股「恐共」風潮，所有國民人人自危。因此美國表面上成為中華民國最堅強的盟邦，一同捍衛世界的自由民主，常說「自由民主」是無價的。

曾幾何時，自由民主在功利主義面前變得一文不值。一九七〇年代，美國為了「聯中制俄」，不惜犧牲中華民國，片面廢棄了《中美協防條約》，直接與中共建交。為了制衡中國，又制定了《台灣關係法》，希望將台灣變成美國的傀儡，當美國在西太平洋的第一線。

當一九八〇年代台灣從一份機密報告中得知日本的「侵華計畫」，再對照美國對台若即若離的態度，台灣最高當局最終得出一個結論：「任何國家想從太平洋浸入中國，都必須挑起台灣與中國之間的衝突，藉此趁虛而入。也就是說，台灣永遠都是砲灰，這就是『台灣人的悲哀』。所以當時的台灣當局一方面發展軍力，一方面又要隱藏本身實力，正因為『匹夫無罪，懷璧其罪』。」

但台灣也不是傻子，在台美斷交後的五年內，台灣最高領導已陸續為國家買了多重「保險」。另一方面，日本自認時機已成熟，遂開始制定「侵華計畫」，並在美國的默許下日益壯大。

一九七〇年代，日本已一躍成為經濟大國，日本的野心漸漸顯露出來，走的仍是老路子：侵占有著廣大而肥沃的土地，卻由野蠻而落後的支那人所統治的——中國。日本在一九七八年成立了「對支那工作小組」，專司以一切手段、方法以顛覆中國。由於日本在一九七〇年代已與中國建交，故可以用交流的名義進行文化、經濟的入侵，這是第一步。另外又與北朝鮮結盟，但表面上兩國卻裝作勢如水火。

一九八〇年代後期，中國實施「開放改革」，至一九九〇年代後期，中國隱然有成為經濟、政治、軍事大國之勢。而台灣呢？一直在角落裡默默耕耘，在某些領域早已超越了中、美、日。但台灣從不與人爭，永遠是靜靜地發展。

這就是東西方文化的差異。在中華民國，國交是基於道義與感情，一旦建交後，除非對方先背叛，或自身已無力保護，否則絕不會背棄對方。反觀英美各西方國家，不管交情多深厚，一旦情勢轉變，利益倒轉，便會立刻背棄對方。正所謂「敵人的敵人便是朋友」、「昔日之敵，今日之友」，反之亦然，條約根本無用。從《德蘇互不侵犯條約》、

《慕尼黑條約》、《雅爾達密約》到《中美共同協防條約》，諸多歷史教訓可知，西方各國對「信用」兩字不屑一顧，只有國家利益才是最高原則。

一九七〇年代，台灣在一夕之間被美國與世界大部分國家背叛，全國陷入風雨飄搖之中，於是台灣學得教訓，自一九八〇年代起，已從別的途徑走出自己的路來。

至於中國，與美國建交三十年後，已漸漸感覺到美方的不懷好意，甚至已有兩國最終不免一戰的覺悟。

本來日本打算在一九九五年動手。日本慣用的手法不外乎偷襲、趁人之危，這次還加上「借刀殺人」等卑劣手段。而日本的企圖其實是在美國的默認下進行，只是美國不知道日本是那麼泯滅人性、用心之惡，連美國、亞洲周邊諸國都要扯進來。一九九五年的計畫，「萬事皆備，東風不來」，加上有心人阻擋，使得日本錯失良機，只好重新計劃。

一九九〇年代末期，中國也晉身強國之林。日本必須想更毒辣、更不擇手段的計謀，因為眼見中國即將超越日本的經濟實力。所以日本更加快腳步，計劃在二〇〇九年時再度執行上一次所未完成的謀略。

在另一方面，台灣在一九八〇年就得知日本的陰謀，無論日本如何計劃，第一步都是要把台灣拖下水，因為當時全世界只有日本認為台灣最少擁有兩枚熱核武器，每一次計畫的前提都要營造中國大陸核攻擊台灣的假象。逼台灣對中國核報復，日本再坐收漁翁之利。這使台灣無法接受，從一九八八年起，開始在日本的心臟做預防反制的措施。

到了二〇〇六年，台灣當局眼見日本的計畫越來越慘無人道且不擇手段，恐怕會造成一大民族浩劫，便派人將日本人的陰謀告知中國領導人。自此而後中國才從強國夢中醒來，也改變了對台灣的印象。

二〇〇九年，由於日本政權交替，所以行動又往後延，但卻又設計出一個令人匪夷所思的計策。二〇一〇年中國經台灣得知日本人將汙染整個長江流域，自此，中國決定要讓日本從世上消失。

二〇一二年起，日本因美國在後面撐腰，在釣魚台等問題上屢掀波瀾，又以《美日安保條約》為後盾，製造東亞諸國的疑慮不安，並開始訂立《秘保法》以利祕密製造核武（其實早就有了），並保證《美日密約》不被公開；又提倡「集體自衛權」，並在參議院強行通過《安保法》，為出兵作準備。這些中國都看在眼裡，靜靜等著日本一步一步走向滅亡。美國只知道日本的目的而默許與暗助，卻不知日本為達目的，將會把美國也拖下水，所以只顧著製造世界各國紛爭，以從中漁利、茁壯自身，這就是美國一貫的作法。果然，二〇二〇年七月，中日戰爭的爆發點，竟是美國航艦被炸，而美國立刻就獲得情報，卻另有私心，打算坐收漁翁之利而按兵不動，反而錯失良機，成為最大受害國。二〇二〇年七月，被捲入中日戰爭的有中國、台灣、北朝鮮、南韓、美國、俄羅斯。其中美國被擊沉、擊傷十一艘航艦，美國本土遭到核攻擊，共死傷超過一百三十萬人。

而美國與日本所簽下的密約，內容更包括了如何在占領中國後，瓜分中國等等，而此密約就是未來中、美戰爭的導火線。

美國在經歷二次世界大戰後，漸漸自以為是世界的主人，對各盟國頤指氣使。稍有不從，便培植反對勢力或直接殺害友邦元首，扶植傀儡政權，如一九四二年狙殺蔣介石未果，又如狙殺南韓李承晚、越南吳廷琰；自加勒比海至中南美、自東北亞至東南亞、自西亞至中亞、自中非至西南非及北非、自地中海至波羅的海，各地的國家元首深受美國荼毒者，所在多有，卻都敢怒不敢言。當然其中也有讓美國碰到釘子的例子：例如古巴的卡斯楚，經歷六百多次的暗殺而逃過死劫；還有約旦國王胡笙和敘利亞的總統阿薩德，也是逃過十幾次九死一生的暗殺。有些國家元首被暗殺的事，最後都成了歷史懸案。

自九一一恐怖攻擊以來，美國到了二十一世紀後，全世界對美國的仇恨情緒已遍地開花，仇恨者不惜以身相殉。到了二〇二〇年美國已快壓不下這股排山倒海而來的浪潮，而這全只是因為「美國利益」。自二十一世紀以來，世界各地的恐怖分子已逐漸將戰場轉移到美國本土。

二〇二〇年發生中日戰爭，美國又因本身的利益考量，做出錯誤判斷，以致美國成為此次戰爭的最大受害國。經此一役，美國威信盡失。隨著《美日密約》被揭發，美國知道想要重新在世界舞台奪回自己應有的位置，唯有對中發動戰爭，但這並未獲得美國人民的共識。

而中國在知道《美日密約》後，就覺悟到與美國終須一戰，只是中國須爭取時間準備戰爭。殊不知，美國根本不給中國時間，美國不允許自己的優勢隨著時間逐漸喪失，便化被動為主動，策劃美中戰爭，使中國在不知不覺中已被美國導入戰爭的陷阱，而美國的戰爭是由少數統治者所發動。

至於台灣，自一九四九年國民政府瀆守台灣以來，即離不開美國的陰影，一直像是美國的傀儡政權。自一九七〇年代以來，台灣歷經風雨飄搖，從阿爾巴尼亞在聯合國大會的《排我納匪案》到「中日斷交」與「中美斷交」，也經歷了政權接班，第二代統治者的心中早已澈底看穿了帝國主義者的長遠陰謀，但又受惠於太多真誠的美國友人，如陳納德、麥克阿瑟、高華德，還有雷根，這些人的作為證明了美國人民善良的一面。在日本，「戰爭」是全民意志的貫徹；在美國，「戰爭」通常只是一小撮人為權力鬥爭所為的興風作浪，因為美國人從未經歷過有亡國之虞的戰爭。

由於美國帝國主義者的功利掛帥思想，不難想知，美國最終必然與中國這個阻礙開戰。而美國最終也將走向利用台灣的老路子。所以台灣第二代領導者幾經思考，在「新領土」留下了《國家前進綱領》，其中有提到，對美國的帝國主義應當如何應對，在萬不得已之下，也儘量不要傷害美國大眾。

第六章　披荊斬棘

「虎」在一九七七年寫信給當時的行政院長請願，兩年多後又投稿到《青年戰士報》，遂於當年在成功嶺與「政戰」有了第一次的邂逅。直到一年多後，獲得領袖召見，從此便進入了人生另一個階段，並由領袖親口授予一個極機密任務。「虎」向領袖保證，自己即使只剩一條尾巴，也會先完成任務，沒想到二十三年後卻一語成讖。

「虎」在一九八七年奉命取道日本前往「新領土」，加入「先進發展委員會」成為一員。從此「虎」可以在日本執行領袖交付的任務，並可同時繼續他的研究，有疑問或有新進展皆可連繫位在萬里之遙的「先進發展委員會」。

自一九九〇年起，「新領土」陸續提供台灣各式的新軍事裝備。一九九七年，台灣開始裝備「高超音速巡弋飛彈」。

一九九七年，鑑於世界各國對「匿踪」的爭相研發，「虎」決定逆向研製能偵測到

「匿蹤飛行器」的雷達。結果超乎意料地簡單。「虎」設計了「多相位遠距離不規則同步矩陣雷達」，即可輕易地追蹤「匿蹤飛行器」。這項技術實在太簡單了，但其技術原理必需保密到二〇一七年年初。

當今世界各國所用的「匿蹤」原理，都是減少雷達截面積，但雷達波並不會減少，只是散射到各方面，而使雷達接收器只接收到極小的雷達反射。反射越小表示「匿蹤」技術越成功。假設有六具雷達往同一方向同步發射不同波長的雷達波，再用二十座位於不同座標的接收器及一具超級電腦，將所有接收器收到的影像重疊，即形同一百二十具雷達，由不同方位所獲得的雷達影像總成。

「虎」在「新領土」依此原理反覆模擬，證實可行。再來就是在台灣依地形找尋數十個合適地點，搭配預警機，就可以構成一個3D矩陣，這些都是「先進發展委員會」的功課。而「虎」在設計矩陣雷達時，忽然想到，何不自己設計一種不同思維的全新「匿蹤戰機」。

當時所知的「匿蹤」方法有兩種學說，一是「雷達截面」，二是「機體極性化」。第二項因為有先天無法克服的難關，以及這種「匿蹤戰機」無法搭載雷達，所以很早就被放棄。「虎」用不同的思維解決了先天難關，並且另闢蹊徑，即把機體的極性往外推移，設計出一種全世界獨一無二的「隱形戰機」。在「先進發展委員會」的全面支援下，於二〇一四年開始提供台灣「空軍特戰旅」使用，並將「巡弋飛彈」全部升級為「隱形」。而矩陣雷達早在二〇〇五年便於台灣裝設完成。

台灣在二〇〇〇年由「新領土」協助換裝ＩＤＦＰ攔截機；二〇〇九年加入「匿踪巡弋飛彈」。

二〇〇八年五月，台灣二次政黨輪替，前任元首被收押。九月，台灣派駐中國的祕密代表被毒殺（他就是「天罡計畫」的負責人，也是「虎」的表兄）。二〇〇九年，「虎」為了調查事情的真相，五月三十日在吉隆坡被伏擊受傷，動手的人竟是國會與解放軍特種兵。「新領土」派駐台灣的最高負責人也被陷害，被誣指貪汙九百美金的運動器材，憤而自殺未果，被迫提早退休。遺缺由「楊少將」經「新領土」授命任其職。

經過「新領土」的調查，並獲得中國前領導人的證實，這三件事都是台灣的權力核心配合中國四川的野心軍頭所為。

二〇一〇年七月，「新領土」召開評議會，做成決議：除了照常交運已約定要交付台灣的軍備，以及每年支付台灣一百二十億美金作為軍事援助外，將暫時與台灣政府斷絕往來，也不再接收從台灣來的人進入「新領土」，「新領土」也不再派人與台灣交流。

這裡面只有三人決定要留在台灣繼續為這塊土地奮鬥，那就是「楊少將」、「虎」及「陳上尉」。

「虎」與「楊少將」約定十二月在左營見面，卻因為身受重傷，而在十一月由「陳少尉」從日本護送回台。

自二〇一〇年八月「新領土」斷絕與台灣的往來後，「新領土」只剩下寥寥數人仍在暗地裡親身支援台灣。而台灣的政治核心群，則開始肆無忌憚、為所欲為。台灣興起一股貪汙的風氣，國家建設倒退（因部分建設偷工減料，日後必須花錢及時間拆除重建）。到了二〇一六年初，台灣已有了五兆的負債，三十兆的隱藏性負債，短短七年之中消失二十幾兆，大家只想汙錢。島內瀰漫著一股沒有未來的氛圍。身為國家權力最高尊嚴的法院，竟墮落到民意不信任度百分之七十五以上，人民不滿卻不敢吭聲，因為白色恐怖氛圍已起，整個國家已似一塊破布。

二〇一六年的政黨輪替，沒有人知道是福是禍，但好歹算是一個新的開始。當年年底，「新領土」向台船（台灣國際造船公司）訂製四艘一萬噸級的潛艦，這考驗著台船的造船能力。若經得起試煉，除了這筆二十億美金的訂單之外，尚有四十億美金的後續訂單，這些訂單可以保證台灣八千人十年的就業機會。

自二〇一〇年與台灣斷絕往來後，「新領土」藉著經濟上的幫助，逐漸在多方面支援台灣，「楊中將」與「虎」也在二〇一六年回到「新領土」的編制中。

二〇一八年，四艘萬噸級的船已安放龍骨，「新領土」又下了六十億美金的訂單，訂造八十艘小艦艇、十艘五千噸級的潛艦與十二艘三千噸級飛彈發射艦，並出資在台灣東岸建造兩個祕密的潛艦港口。這兩個港口又需要四千人，呼應台灣另二千億台幣「國艦國造」政策。

另外，奉領袖命令前往日本執行任務的「虎」，在一九九七年末時已踏遍日本本土，北自北海道的女滿別、南至九州的鹿兒島、東至四國的高知、西臨日本海的新潟，訪遍日本各地，得出一個結論，日本人的潛意識是要奴役別的民族，所以再次發動侵略只是時機問題，因此「虎」要對付的不只是一小撮的野心家，而是要讓好戰的民族在再次發動侵略戰爭時受到教訓，付出侵略戰爭的代價，並讓日本從此不再痴心妄想著「侵略」二字。

於是「虎」把「紅日」移東京都台東區，威力加大並改名為「旭日」。數年後，又把「旭日」移到「銀座」，並再次加大並改名為「天雷」。

「天雷」的威力已是當年「紅日」的一百五十倍，成功啟動後，將是人類有史以來最大的核子裝置。

「虎」另又在輕井澤加裝了「上帝之拳」，用以消滅日本的野心集團，但這一切都取決於日本自己，因為「天雷」不會先制攻擊。

二〇〇九年，「虎」在表兄於中國被殺的半年後，以「台灣虎」之名與中國領導人連絡，並於二〇一〇年兩度赴澳門及珠海見面後，一直以電郵連絡，共同破除日本的陰謀。

另外，台灣方面在二〇一四年從「新領土」接收了「隱形戰機」及「抗ＥＭＰ反彈道飛彈」；二〇一六年並將巡弋飛彈、隱形戰機、ＩＤＦＰ升級。同年「新領土」向台船提供藍圖建造新式潛艦。

二〇〇九年，「先進發展委員會」開發出「電弧離子蓄電法」與「電磁推進法」；後於二〇一一年又開發出「噴射加壓推進系統」，遂設計這一型命名為「鯨魚級」潛艦。又鑑於台灣中鋼所完成的新軋鋼技術，以及為了落實「國艦國造」，「新領土」便於二〇一六年交由台灣的台船打造四艘，預定二〇二一年至二〇二三年下水。

這一型命名為「鯨魚級」的潛艦，以電磁做為推進動能，無複雜的機械裝置，也無一般船艦的推進螺旋槳。它使用新型的電瓶，其體積只有一般電瓶室的五分之一，蓄電量卻有一百倍。潛載排水量九千八百噸，裝置有533㎜魚雷管三管（前二後一），與垂直巡弋飛彈發射管三十六管；巡弋航速（極靜音）十五節，極速四十三節，緊急時可用艦上的噴射推進器，最速可達六十八節，但只能用四次，且每次只能持續噴射十二分鐘。

因為此型艦使用「電磁推進」[6]，故其行走時完全靜音，且極省電。

艦上有兩項祕密武器，其一為噴射推進魚雷，速度一百二十節，配備威力強大的ＴＭＸ彈頭。其二為超高音速隱形巡弋飛彈，有十二個發射管可搭載射程五千六百公里的「增程型隱形巡弋飛彈」，也可裝載六十萬噸至四百萬噸金屬融合彈，或十萬噸「死光彈」，還可搭載傳統彈頭三十六枚（二十四枚加十二枚）。

二〇一九年美國在屢屢打探這型鯨魚級潛艦而碰壁之後，在當年通知台灣，打算售予六艘二手洛杉磯級核能攻擊潛艦，但這項交易最後為台灣當局否決。

另外，在二〇一八年「新領土」再向台船訂製八十艘「高速近岸制海艇」及二十艘飛彈發射艦，預定二〇二一年交船。

二〇一八年十月，「新領土」又向台船訂造「飛魚級」潛艦，飛魚級是鯨魚級的縮小版。飛魚級潛航排水量五千八百噸，也是用「電磁推進」。極速四十五節，可使用四次拋棄式噴射推進器，可使航速達到七十二節。此型艦配有533㎜魚雷管六管（前四後二），可發射攻船飛彈，射程一百五十公里，第一艘預定二〇二一年五月下水，台灣打算以它搭配鯨魚級協同作戰。飛魚級巡航一次可以與鯨魚級一樣滯留海中六個月，本型艦共預定製造十艘。

二〇二〇年七月三十一日，日本因國家財政破產，使得掌權者不願再拖下去了，遂實行計劃了二十多年的「南侵行動」，先以核彈炸毀停泊在橫須賀港的美國航艦，然後嫁禍給中國。再以藏在台灣海峽的日本潛艦向台灣發射核彈，仍是栽贓在中國頭上，再來便是由與那國島發射巡弋飛彈攻擊中國，並計劃在中國八十個城市引爆八十顆一百萬噸級的核彈，還企圖要以「骯髒核彈」炸毀三峽大壩。所幸這一切都被中華民國所掌握，最後台灣付出七萬多人死傷的代價，中國也死傷七萬多人，進而引發中日戰爭。

二〇二〇年八月四日，「虎」遵行領袖遺命，引爆「超級城市毀滅者」等級的「天雷」使日本重創，讓日本鷹派自食惡果。但日本鷹派卻無視亡國之危，繼續對中國、台灣發射核彈，並拖美國、南韓及北朝鮮下水。最後招致滅國之厄。

「虎」在對日戰爭結束後，就留在台灣成為「楊中將」的參謀。

第七章　披著羊皮的狼

二〇二〇年十月，台灣向「新領土」訂購了二十架全新的IDFP，並將現有的IDFP全部升級。升級後的IDFP可一次搭載八枚「隱形戰機」所使用的箭四型短程空對空飛彈。

二〇二〇年十一月，台灣在台東完成了第一座港口，以供兩艘鯨魚級潛艦以及三艘飛魚級潛艦使用，第二座位於蘇澳，將於二〇二一年年底完工。

二〇二〇年十一月，美國總統發表：

一、美國今後將減少對西太平洋事務的干預，但仍會密切觀察，一旦有事，美國必不會置身事外。

二、另外美國將進行三筆史上最大的軍火交易，包括南韓的二百五十億美元、台灣的四百億美元，以及菲律賓的四十億美元。其中大部分都是由美軍現役的武器所轉交。

此公報一出，馬上引發中國、北朝鮮的嚴重抗議，但美國國會在兩週後立即通過這三筆交易，並說明全部都是防禦性裝備，各國無需多作聯想。

美國對台灣的軍售主要是：

一、增加四艘（連同上回已通過的六艘，共十艘）洛杉磯級核能攻擊潛艦，全部將在二〇二一年度中交付完畢。

二、四艘紀德級驅逐艦，配備全新（美軍現役）的反潛聲納。

三、F-16D三百二十架，全部也將在二〇二一年度中交付完畢。

四、四十八架AH-64阿帕契攻擊直升機。

五、四十八架UH-60運兵直升機。

六、二百五十輛M1A2主力戰車。

七、一千二百枚AMRAAM先進中程空對空飛彈。

八、九百枚地獄火反戰車飛彈。

九、四艘二手派里級巡防艦，以及其它支援後勤配備。

對此公報，台灣立刻表示歡迎。唯反對第一項的採購事宜，因自前回的六潛艦即被台灣的立法院擋住，故而連同此次共十艘全部被台灣當局拒絕。

美國此次軍售中值得一提的有兩點：

一、這次欲交付台灣的洛杉磯級是SSN-709至SSN-718；美國的洛杉磯級自SSN-719（普維斯登號）開始才加設垂直發射管，SSN-718以前的序號都只有魚雷發射管。另外，美國將協助在蘭嶼設立爐心交換所，預定二〇二二年完工。

二、「F-16D」是F-16系列的最新機型，雖然已停產多年了，但其戰力仍是同一時期戰機中的佼佼者。事實上，台灣打算裝上極機密的機尾噴管，可增加百分之十五的推力，對此戰機的加速力、極速、爬昇率、航程都可有顯著的改善。這是一大機密。

美國此一軍售案完全是為自己考量，一是自二〇二〇年中日戰爭結束，美國撤出亞太地區後，希望由南韓、台灣、菲律賓填補這一個空間，作為美國的代理人；二是美國急需利用這次的軍售換取現金，以稍加補償美國在中日戰爭時的損失。

為化解北朝鮮的激烈抗議，俄羅斯宣布將再移交四十八套「舞水端」彈道飛彈給北朝鮮。這批飛彈皆由俄羅斯現役中調出，預計四個月後交付。此舉顯然是與美國互別苗頭，更有甚者，「舞水端」射程可達關島。

中國已不再抗議，但心中打定主意，中美之戰勢不可免。但中國並不知道，其實這一切都在美國的算計中。

二〇二一年五月，美國交付台灣一百六十架Ｆ－16Ｄ。

二〇二一年六月，美國交付台灣一百八十輛Ｍ１Ａ２主力戰車，還有四十八架ＡＨ－64及四十八架ＵＨ－60運兵直昇機。

二〇二一年九月，美國交付台灣四艘紀德艦驅逐艦。台灣隨即在艦上大肆改裝，歷經四個多月完成，主要是加裝台灣自製的武器系統，如「２Ｅ型」雄風反艦飛彈、噴射推進魚雷、27㎜近迫武器系統。

二〇二一年九月，美國又交付台灣八十架Ｆ－16Ｄ。

二〇二一年九月，美國再交付台灣四艘二手派里級巡防艦。

另外，台灣第一艘自製潛艦在二〇二一年六月下水了，再經三個月的試航與儀裝後，即可撥交海軍。九月份第二艘也可下水了。

二〇二一年九月，鯨魚級戰略巡弋飛彈潛艦祕密服役，同年十二月第二艘接著服役。

第八章 百合之鄉

二〇二〇年十月，日本覆滅，倖存的日本人在中國的主導下，於四國成立了「百合之鄉」；二〇二一年一月由住民選出第一任領導者「上野香津子」，誓言成立一個永遠放棄武裝的和平中立地域。

數個月以來，「上野香津子」經歷了人生的重大起伏，如今統領了「百合之鄉」才是人生最大的考驗。夾在中、美之間，爾虞我詐，永遠無法同時滿足兩大國的需求。尤其自己掌握了過去美、日之間的大祕密，使美國一直耿耿於懷，但美國人不知道，其實她所知道的事遠多於此。

二〇二一年四月二十日，富士山大噴發，九州的阿蘇山也跟著噴發，引致本州陸沈。本州有三分之一的土地沉入海裡，從近畿貫通太平洋與日本海。四月二十一日，舊日本全域發生八至十二級的超級大地震，四國發生八級地震，地面高低斷差達二十八公尺。瀨戶內海側發生八公尺高的海嘯，死傷慘重。

劇烈的地殼變動停止後，美國與俄羅斯皆迫不及待地派船前往新成形的「日本大地塹」，調查水文資料，以獲取由太平洋進入俄羅斯與中國後門的捷徑。兩個月後，兩國不約而同發現，自東京灣至新潟，除了靠近湯澤處的水道約有一百二十公里的長度，平均只有八百公尺至三點五公里寬，其它地區闊如大洋。

俄羅斯與中國立即宣布此一水道為禁區，任何他國船艦駛進該水道，立刻擊沉。俄羅斯並調來庫茲涅佐夫海軍上將號航母特遣隊，巡弋該區。

對於這一水域，中國一向不重視，所以還是請俄羅斯代為守備，但中國卻祕密做了一些軍事部署，而美國則對此一聲明不予承認。

俄羅斯宣布從艦隊中抽調四艘高西可夫級獵潛艦軍援北朝鮮，以加強北朝鮮在日本海的防衛能力。

二〇二一年七月，「上野香津子」在「百合之鄉」的支持率已高達百分之九十八，繼而拒絕了美國軍事合作的祕密協議。美國對此大為不滿，最後決定刺殺「上野香津子」，另推一個聽話的傀儡上台。

八月一日，美國找來一個一直為美國效命的日本人，命他在「上野香津子」於人民議會演說時刺殺她。當日「上野香津子」身中兩槍，殺手則被隨行的美國護衛擊斃，「上野香津子」因身穿防彈衣僅受輕傷。「百合之鄉」的特搜部卻在第二天收到殺手為求自保所預錄的自白，以及殺手和主使者交易時所錄製的影音檔。

「上野香津子」看了影音檔後，心知已到了下決心的時候：「底牌終究是要掀開的，就讓世人知道美國這個世界警察的真面目吧！『百合之鄉』難道連一絲自主的權利都沒有嗎？我們已厭倦做帝國主義的走狗了，唯有奮力一搏才有生機。要我們走回頭路，重回以前做帝國主義的走狗，只要我活著一天，絕不會讓它發生的。個人的生死榮辱事小，民族的存續事大，今日的『百合之鄉』已不再任由帝國主義利用與蹂躪。」「上野香津子」本來要把手上一個關乎美國國家安全的資料交給美國，但現在她改變心意了。至此，美國失去了唯一可免於陷入烽火遍地的機會。

「上野香津子」下定決心了，於是她先連絡中國國土安全部長，取得某種默契後，再打電話給美國在「百合之鄉」的辦事處，要求美國總統派親信過來談判，否則有些資料將會交給中國。三天後，美國國務卿抵達「百合之鄉」的總理府，兩人密談。

「你們太膽大妄為了，殺了我難道你們的野心就能達成嗎？」

「我是來解決彼此之間的歧見，我們不需再談過往，只看你要什麼條件才願意合作？」

「十多年來，我拚命阻止那些瘋子毀滅自己的國家，今日我的國家只剩十分之一的人口，而始作俑者的你們，卻又要把我們推進野心的漩渦。當初你們是怎麼對日本保證的？

當初你們又是如何和那些瘋子討論怎樣瓜分中國？白紙黑字歷歷在目，今天你怎麼說？」「上野香津子」越說越激動。

國務卿大吃一驚：「妳竟然擁有那些文件！如果不交出來，全世界都不會有妳的容身之處，美國會傾舉國之力追殺妳！告訴妳，下一次我們不會再失手了。」

「上野香津子」冷冷地說：「很好，你立刻滾回美國，去跟你主子說，『百合之鄉』再也不准美國人踏上一步。」

當日，「上野香津子」下令驅逐美國外交人員，並逮捕境內美國人遣送回國。這一切行動都有中國做後盾。

「上野香津子」與美國國務卿不愉快的會面過程，全被拍錄下來。一日之後，連同《美日密約》與殺手的自白，一起公諸於國際媒體。公布後的三天內，全世界的媒體都在討論「可恥的美國人」。因為在一九六九年開始的《美日密約》第三部中提到：「日本併吞中國的東北、華北、華中，而美國只要中國東南沿海，並把殺不完的中國人趕到中國西北集中管理。」

世界為了這則新聞而沸騰，德國總理說：「這是二十一世紀的納粹，原來在那些日本瘋子的背後有魔鬼，其邪惡更勝希特勒。我將在歐盟會議中提出與美國斷交的動議。」

在中國，老百姓瘋狂地吶喊著：「戰爭！戰爭！」中國政府只能宣布與美國斷交。

至於美國方面，其沸騰的程度一點也不輸國外。美國國會在事情爆發的第三天，緊急召開聽證會質詢總統與國務卿。質詢當天，國務卿就在自宅飲彈自盡，總統則火速辭職，職位由副總統繼任。

新任美國總統，一就任即面臨內憂外患。總統問國家安全顧問：「國會那邊全推給前總統，暫時不管他們了，外交上該怎麼處理？」

國家安全顧問說：「我們一概否認，就說這全是中國的陰謀，反正向來是美國說什麼就是什麼，世人必須相信。中國竟然敢斷交，他們可是有求於我們，更何況我們還有一個殺手鐧——台灣。別忘了我們可是世界第一強國。」

「只能這樣做了。」總統疲憊地說。

第二天，美國宣布與台灣建交，並積極幫台灣加入各國際組織。那天是二〇二一年八月十六日。

八月十七日在中國，共黨總書記在中央軍委會力排眾議，才決議中國暫時不動聲色，把握時間充實軍力，以待美國沈不住氣，率先妄動，中國便可在外交上取得優勢，在軍事上則可以靜制動。

會後，主席獨留國土安全部「鄭部長」密商：「這些人只懂得喊打喊殺，卻不知現階段我們根本打不過美國，最多落個兩敗俱傷，而我們幾十年來努力的成果將毀於一旦，這難道是大家想要的結果？」

「現在我們一斷交，美國正在猜測我們的下一步，就讓他們去猜吧！我們表面上什麼都不做，但暗地裡我們全面備戰。我們還要示弱，下個月即將下水的第四艘黃帝級潛艦，及兩個月後即將成軍服役的殲-20B匿踪戰機，兩件事都要密而不宣，等待時機成熟，我們再給他們一個驚喜。」鄭部長說，「還有，我覺得我們應該開始進行『睦鄰計畫』的前期作業了。」

主席說：「就這麼辦。」中國第四艘核能動力洲際飛彈潛艦在祕密下水後，一直在渤海灣中巡弋，以致世人均不知它的存在，卻仍使美國西岸涵蓋在它的核攻擊範圍之內。

兩天後，相對於中國的曖昧態度，美國卻是態度強硬，使得各國雖然壓根兒不信任美國，但都寧可息事寧人，歐洲議會也打消了斷交之議，但各國從此都不再信任美國，轉而同情中國。而由阿拉伯激進國家所主導的反美恐怖活動，則趁隙在美國本土遍地開花。

中國只有在一件事上展現決心與效率，在中、美斷交後的第三天立即宣布：中國在「上野香津子」的請求下，將派遣十二萬名部隊進駐「百合之鄉」。

中國並以迅雷不及掩耳的速度，將八千名特種部隊空運至「百合之鄉」，此舉讓美國暴跳如雷，但木已成舟。中國又派擁有兩艘航艦的特遣艦隊，在四國周邊巡弋，美國怎麼抗議都沒有用，世界上已沒有任何一個國家願意站在美國這一邊。

中國並到聯合國申請召開臨時會議，卻被美籍的聯合國祕書長拒絕。這次事件只有台灣得利，美國原本對中國下的訂單一部分轉往台灣，因大部分的亞洲國家都不願接手。曾幾何時，台灣又成為炙手可熱，美國極欲拉攏的對象。

二〇二一年九月二十七日，美國宣布售予台灣兩套ＳＡＤ陸基反彈道飛彈，此型飛彈更勝S-400，中國對此十分憤怒，也為此與台灣種下心結。

九月二十八日，俄羅斯聯合法國等二十八國，向聯合國提議召開臨時會議，同樣被祕書長悍然拒絕。

十月一日，中國向海牙國際法庭申告美國的戰爭罪行，並獲得俄羅斯及歐洲聯盟議會全體會員國的背書。同時中國也向海牙國際戰犯法庭，追訴美國前總統所犯下的罪行。

十月二日，華盛頓，美國國務祕密會議。

「中國已經把我們逼到牆角了，該怎麼辦呢？」總統說。

新任國務卿說：「國際法庭的事，不需要太擔心，畢竟他是靠我們在後面撐腰的，沒了我們，他們可是什麼也幹不了。倒是中國到處放火，挖我們盟友的牆角，這幾天我連絡多個歐洲盟友，除了英國，其它各國政要都像見鬼似地找不到人！」

中情局局長說：「到頭來還是老問題，我們不容許世界第三超強，如果中國哪天和俄羅斯聯手，則大勢已去。所以無論如何，在中國羽翼未成之前，我們一定要先鏟除中國。

再這樣下去，不出十年我們就會被趕上。」

財政部長說：「中國也真狡猾，原來他們在不知不覺中已抽走很多在美國的投資，中國正在慢慢減少對美國的依賴，而且已行之有年，他們在經濟上逐漸變成我們的競爭對手。這是最近我才注意到的。還有他們利用這次事件，竟然到處宣傳『不要和希特勒做生意』，真是氣死人了。」

國務卿說：「自我二十多年前步入政壇以來，在國際場合一直是美國說什麼就算數，曾幾何時，我們竟然要受這種侮辱，一切都是因中國而起！」

總統說：「我想我們應該趁現在還有軍事上的絕對優勢時，狠狠教訓中國一次，也讓世界各國重新對美國尊重一些。否則亞洲我們只剩菲律賓、台灣和南韓可去，其它國家都把美國視為毒蛇猛獸，避之唯恐不及。」

國家安全顧問說：「正該如此，我們該有所作為了，要讓世人知道，美國是他們必須尊敬的國家。我會和中情局研議，在最短的時間內提出方案，供您參考。」

十月十日，在徵得中國同意後，「上野香津子」向歐洲議會求助。

十月十二日，歐洲議會決定派一支歐洲和平部隊，在十二月三十日前赴「百合之鄉」接替中國部隊，維持「百合之鄉」的安全，這支部隊的規模預定為九萬人。

第九章　惡魔的足跡

「上野香津子」在二〇二一年八月一日遇刺之前，為了「百合之鄉」的存亡，曾在六月二十日以加密電郵和「虎」通訊：「近來我為了安置地震、海嘯的災民已精疲力盡，美國卻又在這個時候要求我祕密開放豐後水道，供其潛艇進出，並要我公開要求美國協助開發九州。而事實上，這些都是軍事上的目的。」

「妳不會重蹈覆轍吧？他們是如何逼妳的呢？」

「他們想要逼我下台，換上一個聽話的傀儡，任其操縱，我絕不能讓它發生。我的同胞在經歷人禍、天災之後，現在僅存一千六百多萬人，絕不可再成為帝國主義的馬前卒，你能幫幫我嗎？我要對付的可是世界第一強國。」

「妳要堅持下去，大如美國也有它的弱點，妳聽過《美日密約》嗎？」

「聽過，但從未親眼看過，據我所知，密約總共有三個部分，二〇一一年的執政黨曾公開了在一九六九年所簽的第一部分，後來再簽署的第二及第三部分在《秘保法》的保護下不見天日了。聽說原本已隨東京大爆炸葬於火海了。」

「原本在我這裡，我傳副本給妳，它可以讓妳保命。另外，我請一個人幫妳，如果他說要幫妳，就一定做得到。我請他明天寄電子郵件給妳，他會說自己是『台灣虎』的朋友，妳可以相信他。」

一個小時後，「虎」以加密的電子郵件和「中國龍」交談：「整件事情就是這樣，這個人別說我們欠她一份情，現在難道要她獨力抵抗帝國主義？而這個帝國主義侵略的目標還是中國呢！」

「我瞭解了，讓我和她談一談吧。」

「上野香津子」因「虎」的協助而獲得了中國的承諾，便在美國暗殺失敗後公開了《美日密約》。

《美日密約》的原本並未在二〇二〇年的東京核爆中化為灰塵，而是經過峰迴路轉的過程被送到「新領土」。當時二〇二〇年對日戰爭的最後一役，是在台灣東部三百公里上空發生，美軍派出兩架 F-22B 搶奪戰犯。美軍自以為憑著 F-22B 的「匿蹤」性能，可以神不知鬼不覺地幹掉台灣的F－16並押走戰犯。殊不知F－22B自克拉克基地一起飛，即被台灣的矩陣雷達牢牢地掌握行踪。最後兩架F－22B被台灣的「隱形戰機」無聲無息地擊落，並押回「猪狩」、「犬飼」、「千馬」、「鹿野」等四名戰犯，取得一批極機密的文件，其中赫然發現有五十年前的《美日密約》。《美日密約》後來被送到「新領土」，「虎」也因此得知《美日密約》自一九六九年以來的全部內容。

「虎」經過一番深思後，以加密的電子郵件寄給「中國龍」，告知《美日密約》的全貌：「原來整件事都是美國在後面搞鬼，到頭來卻被日本倒打一把，聽起來真可笑，但事實上卻一點也不好笑。你們是不是應該重新調整與美國的關係？」

「原來如此，如今總算解開了我心中的疑惑，中國與美國實在靠得太近了，日後一旦有事，恐怕會很難處理。我打算近日就要開始處理一部分，若有需要請你多配合。」

「我盡力而為。」

第二日，「中國龍」找中國共產黨總書記討論這件事，總書記說：「我早知道日本鬼子哪有那麼大的膽子，原來後面有人撐腰。看來中美終究必須一戰！但現在我們還沒準備好，該如何做呢？」

「中國龍」說：「如今最優先的是減少對美國的依賴，抽回對美國的投資，調整國內的生產方向。另外，十多年前我們曾制定了一個專門用來對付美國的『睦鄰計畫』，現在我們的外交局勢好過十年前，你看看是不是該執行了？一切要快，我們已作了太久的美國夢，幸好為了日本的緣故，在二〇一五年已啟動了『圍城行動』，如今已數年有成了。」

總書記說：「我馬上看計畫內容，該作的我立刻動手。」

第十章　魔鬼的同夥

美國在亞洲有很多刺分布在中國周邊，包括台灣、韓國、菲律賓、越南、緬甸及巴基斯坦，其中除了台灣之外，最令中國如芒刺在背的便是韓國，因為韓國距離最近且軍力最強大。中國忌憚的不是韓國軍隊，而是美國使用韓國的海空基地，這等於在自家門口放了一顆不定時炸彈，所以中國對之不去不快。相較之下，台灣雖然更接近中國，卻永遠不會讓別人使用台灣的基地來攻擊中國，其原由不是其它國家所能理解。

二〇二一年九月三日，中國宣布，任何國家如以其基地供第三國用來攻擊中國，必受中國核子報復，中國言出必行。

九月五日，中國派前任領導人擔任密使，赴南韓直接與總統見面。中國密使說：「你們真的認為美國能保護你們不受核報復嗎？又或者你們覺得中國在被攻擊後會默不作聲嗎？」

「我們與美國訂有核子保護條約，而且你們中國必不敢破壞《核互不侵犯條約》。」

所謂《核互不侵犯條約》是俄、中、美三國簽訂的密約，但已是公開的祕密。

密使大笑：「正好相反！我們若對你們作核攻擊，並不違反《核互不侵犯條約》，但若美國核攻擊中國本土，那才是違反《核互不侵犯條約》，你認為美國會為你們冒這個險嗎？」

「這和我的認知有很大的差異，我必需再去確認一下。」

「你最好找俄國人確認。另外，那些美國人如果利用你們的基地偷襲我們一下，自己可以溜回西半球，留下你們單獨面對中國的怒火，值得嗎？在這裡你們只有中國這個朋友，也只有我們可以控制你們北方的同胞，防止他們蠢動。你難道忘了去年是誰幫你們免去滅國之厄？而這一切陰謀的背後，你真的不知道是誰在主使嗎？只說你們北邊同胞天天喊著要摧毀美國，據我所知，北朝鮮現在擁有二十五枚以上一萬五千噸的原子彈，且已製成的氫彈有兩枚，其威力估計在三十萬至五十萬噸之間。目前北朝鮮雖然還沒有足夠的載具可以打到美國本土，但在數百公里之外就有龐大的美軍基地。想想看你們北方的同胞哪天按捺不住，會作出什麼事來？這可是你們曾想過的嗎？而我們又為什麼要約束北朝鮮呢？是敵是友全在你的一念之間。」

南韓總統說：「說到這裡，你能不能告訴我，去年北朝鮮到底是怎麼回事？」

「簡單地說，北朝鮮在日本的暗地支持下，打算以十三枚核彈攻擊你們，再以陸空軍一舉統一南北韓。而日本卻打算趁機併吞南北韓，最後被我們阻止了。而當初，前去北朝鮮談判的正是我。至於美國人涉入多深，我們就不得而知了。」

「我知道了，我不會准許美國使用南韓的基地起飛轟炸機。」

「你事前需要更強勢的作為，否則一旦被美國人先斬後奏，到時候背黑鍋的一定是你們。」

「我會慎重考慮你的提議，謝謝。」南韓總統說。

密使離開了，他的下一站是菲律賓。

密使的菲律賓之行，因為菲律賓仗著有美國撐腰，使得密使不但白跑一趟，而且受盡冷嘲熱諷，這使他顏面盡失，不過薑是老的辣，不管是在菲律賓或是回到國內，他都沒有發作或對人抱怨，只是把這筆帳記下了。

至於緬甸、越南、印度、巴基斯坦等四國都與中國有深厚的交情，絕不可能為美國所用。

密使回北京後向總書記匯報，總書記說：「菲律賓的反應在預料之中，我們只是給他們一個機會，既然他們不領情，就別怪我們了。辛苦您了，台灣方面還是要請您多費心溝通。」

密使說：「你放心，台灣一向是講得通的，他們雖然與美國建交，但往另一方面想，那不就像在幫我們做內應嗎？這些美國人永遠不能理解什麼叫『血濃於水』，他們以為『利益』是全世界一致的優先項目。」

兩天後，中國宣布將派遣六千人的工程大隊和機具，免費替北朝鮮重建平壤，並免費提供二十萬噸的重油。

第二天，南韓宣布三個月後將把烏山基地收回。美國駐韓空軍將移到關島。

九月二十日，海牙國際戰犯法庭行文要求美國前一任總統在來年（二〇二二年）的一月一日赴海牙答辯；十月三日，海牙的國際法庭也行文美國政府，要求在來年一月五日之前提出答辯。

十月三日，在中國代表的陪同下，「上野香津子」赴海牙國際刑事法庭及海牙國際法庭作證。

而在美國，伊斯蘭的反美浪潮已在美國本土遍地開花，恐怖活動已使美國人身心俱疲，人民生活陷入恐慌，美國政府的有關單位則疲於奔命。

在某處，這一次換「中國龍」找「台灣虎」了，「中國龍」在加密電郵寫道：「這次我們要教訓小菲律賓，你怎麼看？」

「虎」在電子郵件中回答：「時候也差不多了，這個海盜，我們早就要修理他了，礙於外交局勢遲未動手，你們大概會從南海下手吧，若是如此，我們可以先在太平島嚇嚇他們。」

「就這麼辦，請你們越快越好。」「中國龍」總結。

二〇二一年九月三十日，台灣宣布將擴建太平島，並構築一條長五百公尺的跑道。

菲律賓立即抗議，台灣毫不理會，越南則毫無動作。

中國也有所動作了，「好你個菲律賓，既然你們敬酒不吃偏要吃罰酒，就拿你們開刀！」中國全國軍事委員會一致決議。

於是，十月二十日，中國宣布將在已填海造陸完成的黃岩島構建飛彈發射基地，屆時馬尼拉、蘇比克灣將全部涵蓋在飛彈射程範圍內。

菲律賓暴跳如雷，急尋美國聲援，於是美國宣布：「中國的挑釁行為無人可以接受，若中國執意要蠻幹，美國將會轟掉黃岩島上所有的軍事設施。」中國對此一宣言嗤之以鼻。

十月二十二日，「機會來了，這次一定要好好的教訓中國！」美國國家安全顧問說。

中情局局長說：「最近那邊剛進入颱風季節，我們先擬定計畫，到來年的二月份就可讓中國知道，我們是惹不起的，若還不識相，就乾脆來個全面大戰！」

十月二十五日，北京中南海，主席說：「各位同志，今天召集各位來此，是要討論關於美國的事，請注意，我們現在還不能和美國開戰，但也不能過度示弱，尤其在『百合之鄉』及南海的問題上，我們是一步也不讓。他們將會如何反應，而我們又該如何對付？」

國土安全部「鄭部長」說：「『百合之鄉』我們已部署完成，歐洲和平部隊就快要來換防了，如今世界的輿論都站在我們這一邊，此處已無需擔心。如果海軍另有他用，儘可離去。我們在那裡暫時有十二萬名部隊，足以應付各種狀況。倒是南海，我們擴建南海一事，美國必不會善罷干休，必須提防他們暗地裡有動作。」

海軍司令員說：「哼！儘管放馬過來，整個南海艦隊等著它！」

空軍司令員說：「我們在三亞有十五個中隊的戰機，隨時可以支援你們。」

國防部長說：「怕就怕他藉由小爭端，而生出其它藉口滋生紛爭，我們可還沒準備好和他們開戰。」

海軍司令員說：「我們就把兩棲登陸艦擺在黃岩島邊上，颱風來時可當作部隊的避風港，又可應付隨時發生的緊急狀況。」

主席說：「大家小心了。」

會後，主席單獨與國土安全部「鄭部長」密談：「我們的『睦鄰計畫』進行得如何？」

「鄭部長」回答：「所有的前置作業已完成，就等您的命令。」

主席說：「全部配置下去，『睦鄰計畫』全面啟動！」

中國與美國檯面下的核子戰爭開始了。

俄羅斯又增加對中國的軍售，計有SA-18野戰型低空防空飛彈，S-400防空飛彈十二套，以及增售十六架中古Tu-22M逆火式長程轟炸機。

第十一章　初動干戈

二〇二二年一月十七日早上八點整，六架菲律賓的F-5E，以掠海高度接近黃岩島，另有一艘菲律賓的LSV兩棲登陸艦，已悄悄靠近到離黃岩島三十公里處。六架F-5E中有兩架共載四枚燒夷彈，另四架則各掛載四枚小牛飛彈與75㎜火箭莢艙，這已是菲律賓空軍最重型的武器了。

菲律賓的飛機一飛到黃岩島即朝各自的目標奔去，此時它們已被中國青島級兩棲登陸艦上的雷達發現，立刻準備迎戰並通知艦隊總部。

負責攻擊中國船艦的F-5E，在距離五公里處即開始發射小牛飛彈，接著用七點五釐米火箭攻擊，有一架F-5E立刻被擊落，另三架發射完小牛飛彈後逃之夭夭；而攻擊黃岩島的兩架F-5E，急急忙忙投下四枚燒夷彈後，也立刻溜之大吉，但不知是因為地面自動武器猛烈射擊的影響，又或是平日訓練不足，四枚燒夷彈只有兩枚擊中島的西北角，造成中國士兵四十五人死傷。

「小牛飛彈」不是「射後不理」的武器，需要發射機不斷導引直到擊中目標。所以十六枚小牛飛彈中只有五枚擊中目標，但已擊毀中國艦上的雷達並造成大火。這時中國艦隊總部已派四架殲－11來援，但需四十分鐘後才能到達。

十分鐘後艦上卻受到砲擊，原來是菲律賓的LSV兩棲登陸艦，正用艦上新裝的「奧圖美勒拉」（OTO Melara）76㎜快砲連續射擊。中國艦長緊急呼叫總部，這時殲－11卻又發現黃岩島東方有六架不明飛機正高速接近，急忙向總部報告，總部一聽，立刻氣急敗壞地要求空軍派出十二架殲－12。

「哼，一架都別想逃！」總部指揮官想。

來的是美軍的六架F－15，中、美雙方的距離縮小到八十公里，此時美機發射了八枚AMRAAM，殲－11的機載飛彈射程只有六十公里，未及發射飛彈，已被襲來的飛彈逼得先行閃躲，結果四架殲－11全被擊落入海。這時菲律賓的LSV兩棲登陸艦正好比「用飛鏢射鯨魚」，艦上眾人在欣賞這難得一見的畫面時，忽然兩聲巨響，船身斷成兩截沈入水中，連同船上三百多名菲律賓軍人一起葬身大海。原來菲律賓人忘了中國還有基洛級潛艦在此巡弋，兩枚魚雷就把菲律賓人的「奪島計畫」全毀了。

十二架殲－12在半途得知殲－11全滅之後，加速筆直朝F－15飛去，誓言要美國人血債血償。到了雙方相距一百公里時，雙方都射出飛彈，美國的飛彈射程一百二十公里，中國的蟠龍二十七飛彈也是射程一百二十公里，兩方射程相當。但F－15射完即往回飛，殲－12卻直追上去，所以最後蟠龍二十七全部落空，而F－15的AMRAAM卻擊中了五架殲－12，這時剩下的七架殲－12正要加速追上F－15以獲得再發射飛彈的機會時，忽然警報器大響，各機已被不知從何處而來的飛彈鎖定，最後七架殲－12全被擊落。

原來另有四架F－22B埋伏在高空，其特殊的「匿踪性能」令殲－12根本無法發現它的存在，所以F－22B一擊得手。

此役美軍以十六比零大獲全勝。

勝利的消息傳回美國，總統、國務卿、國家安全顧問、中情局局長等四人在白宮慶祝。「沒想到中國那麼不濟，殲－12不是他們最新銳的戰機嗎？」國家安全顧問說。

國務卿說：「這些年來他們造了那麼多昂貴的玩具，原來只是虛有其表而已。」

中情局局長說：「他們唯一值得我們擔心的是核子武器，這其中的三艘核子飛彈戰略潛艦，是他們號稱的王牌，但只要我們一聲令下，不用三十分鐘就可以把它們解決了，倒是陸上有兩百多座固定發射臺和三十二座機動式發射臺較為棘手，除此之外，他們充其量也不過是一隻紙糊的老虎罷了。」

「很好，你們請參謀聯席會看看有什麼辦法，可以不動用核武而能解除中國的核子武器。之後只有我們說了算，到時中國只是一隻鍊在牆角的狼，我們只要拿起木棒，要怎麼打就怎麼打。」美國總統得意地說。

戰爭近了！歷史上戰爭的發動，多是源於少數幾個人的自大與愚蠢。

二〇二二年一月十八日，海牙的國際法庭二度要求美國政府提出答辯，三月十五日將開庭，無論美國出庭與否，都不影響法案的審理。

第十二章　還以顏色

美國參謀聯席會在二〇二二年一月二十日開議，國家安全顧問說：「我們實際上與中國已在準戰爭的狀態，大家都同意，全面戰爭已不可避免，中國雖大，除去核武，它只是一隻紙老虎罷了。鑑於美、俄、中所簽屬的《核互不侵犯條約》，率先使用核子武器的國家，必受另兩國的報復。所以我們要解除中國的核子武裝，需要用傳統武器。大家想想辦法吧。」

空軍部長說：「他們有二百多個基地，想同時一次解決，至少要動用二千架戰機，而且他們的空軍也不是用來裝飾的，想想別的辦法吧。」

海軍部長說：「要神不知鬼不覺地解除中國的核武裝而不使用核武，有一捷徑，大家別忘了，我們有六十多艘核潛艦可搭載傳統彈頭的戰斧巡弋飛彈，包括海狼級與洛杉磯級和維吉尼亞級，共可搭載二千多枚。可航行到中國近海對內陸二千五百公里內的目標做外科手術式的攻打。根據中情局的情報顯示，中國有二百多座ＩＣＢＭ的固定發射井，絕大部分都部署在離海岸二千公里以內的地區。我們只要派五十多艘左右的攻擊潛艦，即可用一千八百枚加裝鑽地彈頭的戰斧巡弋飛彈解決其中的百分之九十五，剩餘的就靠空軍了。還有，請注意，這一切都必須在一個前提之下，那就是『宣戰之後』，然後把中國那三艘飛彈潛艦擊沉。」

空軍部長說：「剩下的我們用Ｂ-2，每兩架對付一個目標就可以了。」

國家安全顧問說：「但要派潛艦回到那一片不可預知的水域，實在令人不安，畢竟我們離開那兒已一年多了，可否提供後援？」

海軍部長說：「我們將準備三艘航母在附近，以備不時之需。還有，這次的發射預定地，有三分之一是在台灣的勢力範圍，他們近年來的反潛能力已不可同日而語，最好想個理由先和他們溝通一下，免生意外。」

國家安全顧問說：「這讓我來辦。」

就這麼決定了。於是有五十八艘潛艦回港整補，準備在四週後重回西太平洋。航母雷根號通知南韓，尼米茲號則通知菲律賓下個月將訪問，另布希號將到關島。

這次美國的三艘航艦上都各配備了一個中隊的Ｆ-22Ｂ，也都加強了艦上的ＥＭＰ能力，戰力遠遠超過上回來日本的航艦。

尼米茲號及布希號是由大西洋艦隊調來，將通過巴拿馬運河西來。

同一時間，在北京，二砲司令員說：「乾脆宣戰算了，反正美國人也快要有所行動了。不如先下手為強，免得著了他們的道。」

主席說：「稍安勿躁，這個時候一定要沉得住氣。我們第一要務需檢討為何我們的空軍會那麼地不堪一擊。」

空軍司令員氣憤地說：「他們那些匿踪戰機，不知從哪冒出來的，我們的戰機根本就無法偵測到，大家就像瞎子一樣，任人宰割。若有預警機在，情況可能就不同了。還有，菲律賓竟敢使用燒夷彈，他們是活得不耐煩了嗎？」

主席說：「別氣了，匿踪戰機頂多螫我們一下，不能決定大局。現今最重要的是如何保護我們的核子武器，那才是我們的命根。至於菲律賓，會有機會狠狠教訓他們的。」

二砲司令員說：「有《核互不侵犯條約》的保護，沒人敢作先制攻擊，若不使用核武，我們有二百多個發射基地，誰能一次同時消滅它們呢？」

海軍司令員說：「小心為妙，大家想一想他們可能的作法，我們可別陰溝裡翻船。」

主席說：「是啊，大家回去想一想，他們這次雖然得了便宜，但是沒能奪走黃岩島，我想美國人一定會再生事的。我們並不想先宣戰，如果再有局部的衝突，我們好歹也要扳回一點面子。」

一月三十日，台灣。美國大使「王大衛」在電話中說：「這次純粹只是例行操演，只是數量多了點。」電話的另一頭，台灣的「李將軍」說：「好吧，但是你們要遵守兩邊的默契，一旦美國與中國開戰，我們台灣水域內的所有外國潛艦，都必需浮出水面，由我國海軍護送離開。」

「那當然。」王大衛說。

「李將軍」掛上電話後心中嘰咕：「這些美國人一定有陰謀，哼！一次來五艘，全擠在台灣海峽中，操演個屁！」

後來事實不但大出「李將軍」的意料之外，連「王大衛」也被自己人騙了。

二月四日華盛頓，國家安全顧問：「他們真的都沒有什麼動靜嗎？」

中情局局長說：「真奇怪，他們的海空軍都沒有異常的舉動，連外交部也沒來吵架，可見得他們只是紙老虎。」

海軍部長說：「我們最後的四艘潛艦，兩天前剛離開諾福克海軍基地，預定十天後到達指定位置。但是兩國之間尚未宣戰，我們美國海軍可不幹偷襲的勾當。」

國家安全顧問說：「那就再施加一下壓力，給他們點個火吧！」

於是二月六日，美國宣布將派舊金山號巡洋艦進入南海，艦隊並將行經黃岩島與美濟礁十二海浬的國際水域。

中國暴跳如雷，聲明將擊沉舊金山號於南海。

二月十八日，巡洋艦舊金山號帶領兩艘驅逐艦、一艘護衛艦，由水下兩艘海狼級潛艦前導，自巴士海峽進入南海，一路直朝黃岩島而去。

中國這邊也有了萬全的準備，早已在黃岩島與美濟礁附近的水域，探查得一清二楚，哪裡有岩礁，哪裡有地方坐底埋伏，都已了然於胸。因此中國在黃岩島與美濟礁附近水域布下了四艘基洛級潛艦，並由三亞派出三艘勇壯級驅逐艦及六艘江滬級巡防艦，以及中國最新銳的合肥艦，另有空軍兩個大隊在榆林待命。

在巴士海峽的南端，航艦黑龍江號正率領航母戰鬥群嚴陣以待，艦上有八架Su－35K已掛上了KH－36a超音速反艦飛彈，每架各攜帶兩枚，隨時準備起飛。

在海口另有六架轟－6，翼下各掛載了四枚鷹擊－12超音速反艦飛彈，磨刀霍霍地準備加入戰場。

美艦未到黃岩島即在水下撞正了埋伏已久的中國潛艦，由於中國潛艦占了先機，先行發射魚雷，使得海狼級先導艦被三枚魚雷追著跑，追逐中海狼級也向中國潛艦射了一枚

ＭＫ－52重型魚雷。結果海狼級用誘餌誘開了一枚魚雷，卻被另二枚魚雷擊中沉沒；而海狼級所發射的ＭＫ－52重型魚雷也擊沈了一艘基洛級潛艦。

在南海、黃岩島東北方四十五公里處，海狼級四號艦，聲納室報告：「西南三十公里處，估計為海狼級三號艦，風平浪靜。」「亨利」心想：「這叫暴風雨前的寧靜，『馬飛』，你可要小心。」「馬飛」是海狼級三號艦的艦長，是四號艦艦長「亨利」在海軍官校的學長，兩人曾一起到神戶執行獵殺春潮級的任務。這一次一起到南海來，上級有交代會有狀況，可以自由開火。是什麼狀況呢？

「水中有魚雷！」聲納室的急促報告聲把「亨利」拉回現實。

「西方三十五公里處新目標發現，暫定為Ｓ２。」

「不明魚雷目標為海狼級三號艦，加速及向東南方轉進。」

「加油！『馬飛』！海狼級的極速四十二節，一般魚雷約六十至六十八節，早一點開跑是可以跑得掉的！」「亨利」不禁為「馬飛」擔憂。

這時聲納室又急傳：「水中又有魚雷！自南方三十八公里處射出，研判是坐底的潛艦！」「Ｓ２又射出第二枚魚雷！」坐底潛艦所射出的魚雷，正好堵住海狼級三號艦的去路，這下可難了。「海狼級三號艦也射出魚雷！魚雷轉向，目標為Ｓ２。」「海狼級三號艦急轉朝東！」

「排水聲！坐底潛艦啟動！」「亨利」下令：「本艦以三十五節向南前進。」三分鐘後，聲納室報告：「海狼級三號艦發射誘餌！」「坐底潛艦命名為Ｓ３，以二十五節向北前進。」

在南方的一片混亂聲中，沒有人聽到海狼級四號艦已逐漸逼過來了。

「第三枚魚雷朝向誘餌！」

「第一枚魚雷與海狼級三號艦的接觸時間為二分鐘。」

「海狼級三號艦又放出誘餌！」

在四號艦內大家屏息以待。一分鐘後，「魚雷無視誘餌繼續朝三號艦前進，魚雷接觸五十秒前。」「接觸二十秒、十五秒、十秒、五秒……三、二、一，接觸！」魚雷感應到前方一大片金屬所形成的電磁反應，遂啟動戰雷頭，魚雷便在離海狼級三號艦艦尾三十公尺處爆炸。「船體破裂聲！」「第二枚魚雷接近三號艦，第二枚魚雷爆炸！」四號艦眾人臉色慘白，艦長「亨利」下令：「全速前進。」就在此時，「三號艦所發射的魚雷擊中Ｓ２！」海狼級三號艦臨死一搏成功，拉一個敵艦陪葬了。

海狼級四號艦聲納室：「Ｓ３在南方十六公里處，尚未察覺我艦存在。」「亨利艦長」下令：「減速、靜音，一號、二號魚雷管備便。」

「距離十一公里，Ｓ３仍未察覺。」艦長下令：「一號發射、二號發射！」

過了半分鐘，S3才像一隻被驚動的兔子，急忙加速往回跑，那已是徒勞無功了。「魚雷接觸一分鐘，二十秒、五秒……三、二、一，接觸，兩枚全中，船體破裂聲。」

總算替「馬飛」報仇了。這是有史以來潛艦擊沉海狼級，而且還是被柴油潛艦所擊沉，回美國後，這將是教科書中的材料。但現在要先浮上去，向艦隊告知發生的事。

在中國這邊，接到另兩艘潛艦報告，在黃岩島邊發生三次水下爆炸的消息。「他們真幹了，我們的海空軍全部出動！」

這次中國已有萬全的準備，起飛了一架最新的「主桅－3」預警機，指揮著三十二架各型戰機起飛了；另外又準備了八架神祕禮物，要給美國人一個驚喜。

中國海軍艦隊則自西北方三百公里外靠了過來，航艦黑龍江號上的八架Su－35K已開始起飛，海口也起飛了六架轟－6。

美國方面一察覺到中國的空軍起飛後，立即從菲律賓派四架F－22B和六架F－15前去攔截；F－15並掛載了十二枚Harpoon II反艦飛彈。

中國的戰機中有二十四架是殲－11，每架載有兩枚鷹擊－4L超音速攻船飛彈，射程一百八十公里。艦隊則有三艘勇壯級驅逐艦，各載有八枚「日炙」反艦巡弋飛彈，射程五百公里；另有八艘江滬級巡防艦，各有八枚海鷹－5艦載型飛彈，射程三百八十公里；合肥艦則作為「旗艦」。

中國飛機一飛到指定地點，隨即發射飛彈。這二十四架殲－11發射完飛彈後隨即往回飛，另有八架殲－12，其中四架卻往前飛去，並降低高度，以超低空往目標繼續飛去。Su－35K也在這時射出了十六枚威力強大的KH－36a；六架轟－6也開始發射飛彈，艦隊也同時發射飛彈，瞬時，一百多枚飛彈向美艦飛去。中國此次特別以二十世紀及二十一世紀的武器同時對美艦發動攻擊，以增加美艦反制的困難。

美艦也不甘示弱，對著中國艦隊射出十八枚AS－3反艦飛彈，射程五百公里。等從菲律賓起飛的美機飛到時，中國飛機早已發射完飛彈並逃之夭夭，只剩四架殲－12護航在中國艦隊的上空。

這時F－22B發現在中國艦隊後方二百公里外，有一架中國預警機，於是兩架F－22B便出列，向預警機飛去，打算先將它擊落。

同一時間，四架超低空飛行的殲－12繞過東北方，向美國艦隊接近。在距離美艦隊六十公里處時，四機一齊爬升，三十秒後又一齊下降，然後一聲「發射！」四機一齊各射出一枚飛彈。

是AM－39E！世界聞名的反艦飛彈！在二十世紀世界著名有實戰經驗的反艦飛彈，一是以色列的「加百列飛彈」，一九七〇年代一枚就擊沉在亞歷山大港中的埃及耶特拉號驅逐艦；二是一九八二年在南大西洋，阿根廷也是以一枚AM－39飛魚飛彈擊沉在聖卡洛斯灣中的英國雪菲爾德號巡防艦，並在數日後又以一枚AM－39飛魚飛彈擊沉大西洋運送者號。

AM－39E是AM－39的先進型，在射程、電子反反制、彈頭的破壞力等都有顯著提升，最主要的是它的掠海攻擊特性。

這時美艦已對來自西北方的飛彈作出反應，不愧為神盾級巡洋艦，臨危不亂，垂直發射「標準二型」及「標準三型」防空飛彈兩枚，又兩枚……，驅逐艦與護衛艦也持續射出飛彈。

這次中國採分進合擊的策略，不同地點發射的飛彈同時到達。

美艦一開始就像機械一般進行，發射、再發射；擊落、再擊落，一切進行得很完美。但完美仍是不夠。四艘美艦共射出五十八枚飛彈，擊落了四十九枚反艦飛彈，剩下的進入近迫防禦圈。在三分鐘之內共飛進了八十九枚反艦飛彈，各艦使盡全力，共擊落五十九枚反艦飛彈，另有十一枚被誘餌誘開，太完美了！但仍是不夠。巡洋艦中了五枚飛彈，兩艘驅逐艦，一中五枚，一中四枚；護衛艦聖地牙哥號也中了四枚，受創過重立即沈沒。當各艦正在愁雲慘霧之際，四枚AM－39E掠海而來，四枚全擊中了巡洋艦，澈底擊毀了舊金山號。海面上只見驅逐艦拖著殘破的身影，忙著救援落海的人，狀甚悽慘。

另一方面，美機指揮官見中國艦隊上方只有四架殲－12，「哼！又是手下敗將，一架也別想逃！」遂命F－15專心對付中國艦隊，「中國空軍就交給我們了。」

F－15正想對中國艦隊發射飛彈時，卻在此刻警報器大響，跟著已有兩架F－15被擊落，其餘四機立即驚竄四逃。原來中國空軍特地調來最新銳的殲－20B匿踪戰機，有四架早已在此恭候多時。美機轉眼又被擊落一架，剩三架四散潰逃，只來得及向中國艦隊射出一枚「魚叉飛彈」。

而那兩架F－22B正要收拾殲－12，忽聽得F－15的呼救聲，急忙察看自己的顯示幕，隱隱約約發現有數個亮點，驚得只好放下眼前的殲－12，打起精神，全力應戰。

南海上空一萬二千呎處，中國指揮機內：「南海、南海，南方一百九十公里處，多目標襲來，判定為反艦飛彈。」艦隊立即下令應戰。

五分鐘後指揮機又呼叫：「黑鳥、黑鳥，南方一百五十公里處有十架飛機飛來，判定為四架F－22B及六架F－15，F－22B與F－15已分開，先攔截F－15。」「F－22B有兩架朝西北飛來，白山、白山，準備埋伏攔截。」原來在指揮機南方八十公里、二萬八千呎處，另有四架殲－20B，這是中國精心策劃的戰術。

「由我導引，發射！」指揮機對殲－20B下令。

「距離一百二十公里，高度一萬二千五百，準備發射。」F－22B長機下令。

「距離一百公里……。」忽然警報器大作，兩機同時被數枚飛彈鎖定。

由於殲－20B關閉雷達，又身處不同高度，所以F－22B根本不知道殲－20B已在二十五公里外的頭頂上了，且殲－20B並在指揮機的導引下對他們發射了四枚飛彈，頓時兩架F－22B手忙腳亂。

「自由開火！」指揮機下令。於是殲－20B打開雷達。而F－22B正要使出渾身解數，擺脫襲來的飛彈，卻又驚覺已被數具空用搜索雷達照射，這下子真的是肝膽俱裂，魂飛魄散。忙拚命做滾轉迴飛運動。由於事出突然，兩架F－22B都手忙腳亂，各被四枚飛彈追著跑。逃得了一枚，逃不了第二枚，更何況有四枚，最後F－22B雙雙變成火球墜入南海。

另一個戰場，三架F－15逃走後，兩架F－22B四處找尋敵蹤。幾乎同時，雙方互相發現了對手，「AMRAAM，Fox One。」另一邊「蟠龍二十七，發射！」頓時空中有六枚飛彈互朝對方射去。結果中方以量取勝，中方兩架殲－20B被擊落，美方兩架F－22B難逃四枚飛彈的圍攻，又是雙雙落海。

另外，那四架發射完AM－39E的殲－12，「突擊兵，注意，西北方三十五公里處，有三架F－15正朝西方逃竄，立刻追擊！」指揮機下令。殲－12收到命令後，立刻加速追去，F－15驚覺後有追兵，立即返頭應戰。

這兩種戰機的性能，本在伯仲之間。但一方是攻擊成功後乘勝追擊，一方是突遭襲擊，劫後餘生。雙方士氣上差距極大，數量上美方又略遜一籌。結果三架美機被擊落，殲－12也是三架落海。

至於中國艦隊以十艦對十八枚飛彈，外加一枚魚叉飛彈，一陣硝煙過後，二艘巡防艦被擊沉，三艘巡防艦中彈起火，驅逐艦則毫髮無傷。

中國總算扳回一城。運用巧妙的埋伏計策，全殲「侵門踏戶」的美國人。

美國則氣炸了，原來不堪一擊的是美軍。美國參謀聯席會主席：「你們就是太大意了，難道不知道世上有飛機叫『預警機』？中情局不是說他們的殲－20B至少要再一年才能服役嗎？現在你們有什麼打算？」

國家安全顧問說：「算了，這件事我會向總統報告的。如今的結果，雖有遺憾，卻已達成目的。現在就等他們宣戰了。海軍，你們準備得如何？」

海軍部長說：「巡洋艦丹佛號已經進入孟加拉灣，潛艦也差不多就位了。另有一事，我覺得我們的航艦應撤回，你們難道忘了，中國有號稱『航母殺手』的東風－21飛彈，聽說它的射程有四千公里，我們在南韓、菲律賓及關島的三艘航母可是海軍的一半資產呢！」

國家安全顧問說：「那就把三艘航母撤回珍珠港。空軍呢？」

空軍部長說：「我們在土耳其與菲律賓已各進駐了兩架B－2，另外十六架也已在安德魯及阿拉斯加準備就緒，若不是南韓不同意我們使用他們的基地，問題就更好解決了。」

中情局局長說：「根據統計，中國有五十二個ＩＣＢＭ發射群，一百四十座四基式ＩＣＢＭ發射井，其中有六個經判斷無法使用傳統武器摧毀。土耳其起飛的Ｂ–2，負責塔什干的飛彈發射群；菲律賓起飛的Ｂ–2，負責康定的玉樹飛彈發射群；丹佛號則負責拉薩東南及西南各一座四基發射井；自本土起飛的Ｂ–2，負責銀川、張掖、承德、成都、重慶、烏蘭巴托、崑崙山、泰山南麓等八處。海軍最重要的是，要確保一開始就能解決中國那三艘戰略潛艦，這是前提。」

海軍部長說：「知道了。」這是他最不情願的工作，要在無預警的情狀下，奪走三百個人的生命，又是偷偷摸摸的。唉！命令就是命令，自己也無話可說，就當是替在南海喪命的一千多名弟兄賠命吧。

國家安全顧問說：「中國還有一百多座機動式ＩＲＢＭ，及八百多枚戰術核彈，真的無法對我們構成威脅嗎？」

「那些玩具就像彈弓一樣，打不出自家庭院的。」中情局局長接著說，「現在我們必需在三天內行動，中國如果不宣戰，我們也要宣戰了。這次我們絕不能錯過打擊他們的大好機會。」

這就是美國，他們因為自己的自大狂妄而把美國推向戰爭，最後卻要全體美國人民付出代價。因為這一次他們不能再像以前一樣糟踏別人的土地，然後自己躲在國內明哲保身毫髮無傷，他們將付出代價，因為他們這次面對的是中國這隻巨大的惡龍，而這隻惡龍會狠狠反噬敵人。

在台灣海峽，「又一艘，這已經是第八艘了，他們在搞什麼？」中華民國海軍水下聽音站的「鄭上尉」說。他隨即報告上級，報告一路上傳到「李將軍」。

「李將軍」隨即打電話給「王大衛」說：「你們究竟想幹什麼？限你們十二個小時之內提出說明，否則我們將視為不明潛艦入侵，屆時後果自負！」隨即「李將軍」就摔下電話。

半夜裡，美國國家安全顧問接到「王大衛」的緊急電話，「你就為了這一點小事叫醒我？我不管他們說什麼，你只要再拖三天就可以了。另外，我們還有五艘潛艦要進去。」美國國家安全顧問說完就掛上電話。「王大衛」心中一涼：「糟了，有大事要發生了。」

在台灣，「總共十三艘了，他們要對中國動手，就一定要把我們扯進去嗎？這次別想再任意擺布台灣了。」「李將軍」憤憤不平地想。

其實美國並不知道，自台灣收回釣魚台後，已構建了一個自釣魚台到澎湖間的水下監聽網路。所以自台灣海峽北部到澎湖附近海域，都在台灣當局的嚴密掌控中。所以當數到第十三艘潛艦時，台灣最高當局便對美國下了最後通諜，並在台灣海峽施行「靖海行動」。這需要很大的決心才能執行，七十五年來，台灣第一次被逼得可能向美軍動手，因為他們實在欺人太甚。

在美國華府，美國總統說：「全部就緒了嗎？台灣那邊會有問題嗎？」國家安全顧問說：「都就定位了，至於台灣，不會是問題，自認為是美國盟邦的他們，從來就是我們說東他們不敢說西。」

於是第二天，美國總統便對中國宣戰：「中國一直是世界和平的障礙，美國有證據證明，現今世界各地的戰亂與恐怖活動，都與中國有關。美國願負起削除中國核子武力的責任。自現在起，除非中國自行銷毀核武，否則美國將以各種方式消滅中國的核武，直到一件不剩為止。」

第十三章　輕啟戰端

北太平洋某處水下二百公尺，黃帝級核子戰略潛艦悠閒地巡弋在冰冷的海水中，「上升至二十五公尺！」艦長下令。又到了接收命令的時間，他將潛艦浮到水面附近，以接收訊息。「可惜不能上去吹海風。」「張艦長」想。命令收到了，「張艦長」伸手拿過來一看，臉色大變，「下潛、下潛至二百五十公尺！」他下令。原來命令是中、美在三十分鐘前已宣戰。潛艦剛下潛到八十公尺時，忽聽聲納室急促的報告聲：「水中有魚雷！」

「又有第二枚魚雷！出處判別同在西南十三公里處！」

「張艦長」急令：「極速前進，魚雷一號管、二號管快速裝填！」

「本艦已到二十二節，來襲魚雷距離九公里，接觸時間七分三十秒。」

「發射魚雷一號、二號！」

「來襲魚雷接觸時間六分鐘。」

「切斷魚雷導線！」艦長急令。

「我方魚雷迴轉，向敵艦駛去。」

「來襲魚雷接觸時間四分鐘，我方魚雷接觸敵艦時間九分鐘。」

「螺旋槳空蝕聲，敵艦加速，敵艦判明為美國洛杉磯級。」

「來襲魚雷接觸時間二分鐘。」

「放出誘餌！」

「接觸時間一分鐘，來襲魚雷不受誘餌影響繼續前進，我方魚雷預計四分鐘後碰撞敵艦。」來襲魚雷不受誘餌影響，馬上就要撞擊己艦，「張艦長」知道己艦已無倖，便對全艦廣播：「謝謝大家，我們十八年後又是一條好漢。」

中國潛艦隨即被兩枚魚雷擊中，沉入冰冷的海底。三分鐘後，中國的魚雷也擊中了美艦，總算有人陪葬了。

另外兩艘黃帝級潛艦，也是一樣的命運，只是他們沒能擊毀美艦。只留下海面上一個緊急遇難浮標，不停地發送遇難訊息。

至此，中國表面上已有四分之一的核子武力被消滅了。

美國華盛頓在二十分鐘後，接到了通知。「我們的 B-2 飛到哪裡了？」美國總統問。

空軍部長說：「阿拉斯加起飛的剛過換日線。」

美國總統說：「叫他們行動，並通知土耳其和菲律賓的飛機起飛，還有通知我們的潛艦，九個小時後行動。」

在中國，中國中央軍委會緊急開議。國防部長說：「他們竟然擊沈我們的潛艦，三艘全部擊沉，天啊！幾十年的心血毀於一旦。接下來又有什麼嗎？」

主席說：「鎮定些，我們可不是紙糊的，我們還是有足夠的力量可以毀滅美國。問題是，他們不會因此滿足，不知道後頭還有什麼招數。大家得趕緊想想辦法。」

空軍司令員說：「他們最可怕的是匿蹤轟炸機，我馬上下令各機場的戰機全部待命，各防空飛彈基地警戒。還有我們有六十座 S-400 長程防空飛彈，它的搜索雷達可以發現匿踪轟炸機，我馬上下令這些雷達二十四小時掃瞄天空。」

主席說：「快去辦吧。」

國土安全部長說：「請等等，各位可記得美軍在波斯灣戰爭時，怎麼用巡弋飛彈對付阿拉伯人，我估計從飛機、船上、潛艦上，他們最少可一次發射五千枚巡弋飛彈來攻擊我們。我們有百分之九十的核子武器，都在他們的攻擊範圍，這是多可怕的事啊！尤其是他們的潛艦，可乘載二千多枚巡弋飛彈，無聲無息地靠近我們海岸，這恐怕比匿踪轟炸機更具威脅。」

「一語驚醒夢中人，『何部長』，你怎麼看？」主席問國防部長。

「何部長」說：「請空軍立刻起飛我們的預警機，掃瞄每一吋海岸線，另請海軍反潛大隊立刻出動，在外海操演的航母戰鬥群開到琉球海域附近。至於台灣海峽，找人去和他們說一說。」

主席說：「快去處理吧！關於台灣方面，讓我來想辦法。」（其實台灣已有情報過來，主席直到現在才知道它代表的意義。）

二十分鐘後，「中國龍」以加密的電郵和「台灣虎」交談：「這件事已到很緊急的關頭，你怎麼看？」

「早在做了，我們不是通知你們，我方已在執行『靖海行動』，一有狀況，我們會巡行攔截。你們的預警機和戰機需先起飛，輪流守候，到時數量可能會超乎你的想像。」

「那就請你們多費心了。」

「就在這兩、三個小時以內了，請相信台灣絕不會坐視外族侵略中國。」

「塔什干」，這是一個表面上荒無人跡的地方，事實上它卻是一個機密又神祕、且具有戰略歷史的地方。它是中國第一次核試爆，以及第一個飛彈發射場的所在地。白天酷熱、夜晚嚴寒。

塔什干是第一個受襲的基地，從土耳其安卡拉起飛的兩架B－2，經過二千多公里，近四個小時的飛行，一路暢行無阻，中國從未想到美國會轟炸這裡。過程很快，B－2只用了二十分鐘，丟完二十四顆炸彈，揚長而去，留下滿目瘡痍。

第二個受襲的是康定的玉樹，也是在毫無防備之下，遭到B－2轟炸，而這些攻擊玉樹的飛機是來自菲律賓的蘇比克灣。

另二路的攻擊機隊，可就沒那麼幸運了，他們必須飛經戒備森嚴的路徑，並前往攻擊早有準備的目標。

北路八架B－2，從西伯利亞南下至外蒙古，之後兵分四小隊，一隊向東往承德，一隊向南往烏蘭巴托，一隊向西南往張掖，另一隊也是向西南往銀川。他們並不知道當他們一飛到外蒙古時，就被設在烏蘭巴托的S-400防空飛彈基地發現，同時在武威的預警機也斷斷續續標出他們的所在位置，而且預警機也朝烏蘭巴托飛去。

敵機來襲，在蘭州緊急起飛了八架Su－27；在烏蘭巴托起飛了四架殲－12；在承德也起飛了六架殲－12，全部機隊接受預警機的指引。

在蘭州有第二座S-400，也斷斷續續獲得四隊B－2的航跡。兩座S-400將獲得的資料送到預警機，預警機再將它們匯流入自己偵得的資訊中，成為隱隱約約的目標影像，並以此引領戰機前往攔截。

第一隊兩架B-2已進到距離烏蘭巴托二百公里處，S-400的照明雷達仍不能持續對目標照射以供飛彈鎖定。最後在一百四十公里處，在預警機的協助下，勉強鎖定一個目標，一瞬間「碰！咻！碰！咻！」連續兩枚飛彈射出，在一百一十公里處，將一架以零點七馬赫前進的B-2擊落，創下世界上第一個擊落B-2的紀錄。而烏蘭巴托餘下一架B-2則由預警機導引四架殲-12前去攔截；S-400轉去對付另一隊飛往承德的兩架B-2，又是兩枚飛彈射去，但這次沒能擊中，不過有一枚飛彈在其中一架B-2的右側六十五公尺處爆炸，B-2的右翼受損，登時使那架受損的B-2在所有的防空雷達螢幕上，彷彿夜空中的明星。頓時其所經路徑的所有紅旗飛彈、防空砲火，都朝它而來，B-2實在太慢了，不一會就化為一團火球，另一架B-2則立刻有六架殲-12招呼它。

結果在烏蘭巴托的那一架B-2，被四架殲-12圍攻，最後被機砲擊落；承德那架B-2，則利用雲層的掩護，暫時躲過殲-12的追擊。

第三隊及第四隊較幸運，S-400連射四發皆因射控雷達脫離鎖定而未能擊中。

第三隊B-2到達張掖上空時，地面上的雷達仍無法偵測它們。當B-2打開炸彈艙時，馬上被地面雷達所捕捉，但那也只是一瞬而已，無法鎖定。不過當B-2第二次投彈時，中國人學聰明了，他們鎖定及瞄準炸彈開火了，大部分的炸彈都被擊毀，只有三個發射井被破壞，B-2則是投完彈後便逃之夭夭了。

張掖的指揮官馬上通知銀川這個新發現。

「銀川」是中國最大的洲際彈道飛彈發射場，本是舊蘇聯時代，專門用來對付蘇聯的。一九九〇年代國際局勢轉變，加上中國的ＩＣＢＭ射程已到一萬五千公里以上，現今已是美國的眼中釘，不去不快。

第四隊兩架Ｂ－2轉眼飛到銀川上空，隨即投下二十四枚炸彈，然後逃離現場，如今他們要擔心的是Su－27的追擊。

二十四枚炸彈有十六枚被擊中，卻仍有八枚摧毀四個發射井。

四架Su－27呼嘯而過，預警機急忙呼叫其它在空中的殲－12，前去圍堵Ｂ－2的退路。此時那架從承德逃走躲入雲層的Ｂ－2，卻突然衝出，飛回承德，這一過程竟然無人發現，隨即在承德投下十二枚炸彈，揚長而去。

承德有八座發射井，有七座被毀，而另一方面，逃走的Ｂ－2，有一架被Su－27發現擊落，其餘的Ｂ－2則逃得無影無蹤。

另一方面，南路的轟炸機隊，也是由八架Ｂ－2組成。由中國的舟山群島直入內陸。舟山群島的S-400沒能發現敵機，直到江西的第二座S-400才發現，並擊毀一架Ｂ－2，但其餘七架Ｂ－2共造成八座發射井及兩個四基發射基地的毀滅。

同一時間在孟加拉灣，美國海軍丹佛號巡洋艦連續發射了十八枚「戰斧」巡弋飛彈。

七十幾分鐘後，中國西藏拉薩的西南八十五公里及東南二百六十公里處，各有一個四基洲際彈道飛彈發射基地，在相隔五分鐘之內，兩個基地一前一後都灰飛煙滅。

美國的重頭戲是潛射巡弋飛彈。

美國在南海布下了十五艘洛杉磯級潛艦及兩艘海狼級潛艦；在台灣海峽也布下了十三艘海狼級潛艦；台灣東岸則有八艘洛杉磯級潛艦。另外，在東海，自日本九州到琉球一線，也埋伏了十四艘洛杉磯級潛艦與四艘海狼級潛艦，另有兩艘海狼級則遠赴日本海。

在中華民國，國防部「傅部長」打電話給美國駐台大使「王大衛」：「你們想幹什麼大家心中有數，美國和中國開戰，我們可以中立，但絕不容許把我們扯進去，限你們十二個小時之內撤出在台灣海峽的潛艦，否則他們就永遠回不了家。記得，有十三艘！聽好，我們可是認真的！」

「王大衛」說：「我真的不知道這件事，給我多一點時間，你知道華盛頓現在是深夜。」

「傅部長」說：「別裝了，那批傢伙現在保證沒有一個在睡覺。記住，十二個小時，後果自負！」「傅部長」說完就用力的把電話掛掉，接著轉頭對「李將軍」說：「他們不會理我們的，你們去做該做的事。」

「李將軍」命令制海艇出動，並通知中國，注意台灣海峽及中國各地海岸線即將有狀況。」

中華民國八十艘制海艇，每艘艇尾載著兩個神祕的大圓桶出海去了。此時台灣海峽已完全清空，海峽中不見任何船隻。

「王大衛」打電話給美國國家安全顧問：「我已快撐不住了，他們給我們十二個小時，還說要讓那十三艘潛艦回不了家。」

國家安全顧問說：「你不用理他們，反正再幾個小時一切就結束了，而且他們只是在虛張聲勢，就那麼一點點反潛實力，還是我們給他們的二手貨，要動起手來，不用三十分鐘，我們的潛艦就可以摧毀台灣海軍。」

國家安全顧問收完線轉頭問海軍部長：「他們怎麼知道十三艘潛艦這個數目？」海軍部長說：「絕不可能！」話雖這麼說，海軍部長的心中卻開始有種不祥的預感，這種感覺在一年多前曾經有過。

在地球的另一邊，「台灣虎」正以加密電郵和「中國龍」交談：「現在局勢已發展至此，你們還是趕快將戰機起飛吧，而且數量要盡可能的多。天快黑了，他們就快要動手了，天黑對巡弋飛彈毫無影響，卻大大增加攔截的困難度。」

「台灣海峽方面，你們能不能做些什麼？難道你們就眼睜睜看著他們攻擊我們的命脈？」

「現在什麼都還沒發生，我們什麼都不能做，畢竟他們還是我們的邦交國，我只能答應你，任何人在台灣海峽生事，他們一定跑不掉。」

在台灣這邊，又起飛了兩架E-2T及二十四架IDFP，每架IDFP掛載八枚箭四型紅外線空對空飛彈並加掛副油箱。

中國方面，共起飛了八架預警機及殲-11、殲-12、Su-27等共二百八十架，另有二百六十架在機場跑道待命，在數千公里的海岸線嚴陣以待。而在第二線另正緊急準備另外五百架待命。

中原標準時間三月一日二十點整，美國表定攻擊的預定時間一到，近二千枚巡弋飛彈，在三十分鐘內，自各地海面冒出。

在台灣，因美國的攻擊目標有部分在中國內陸近二千公里，所以有約三百五十枚需在台灣海峽中線發射，其餘的美國潛艦都在離海岸線五百至一千公里處發射。

台灣上空的預警機：「台灣海峽發現飛彈飛行，研判從潛艦發射！又一批！多量的巡弋飛彈發射偵得，目標中國，密切監視中！」

第二架預警機：「哇！台灣東部海面也射出了大量飛彈，依彈道研判大部分將飛越台灣本島！戰機立即前往攔截，已獲擊落命令，注意，已獲擊落命令！地面指揮中心請加派戰機支援。」

於是在台灣上空待命的二十四架IDFP，立即拋棄副油箱，分頭去攔截巡弋飛彈。接著從新竹、台中、台南、花蓮各基地又起飛了三十六架IDFP，玉山基地也派出了八架「隱形戰機」前往支援。

「巡弋飛彈繼續發射中！」「新加入的戰機請至中央山脈東側追擊飛彈。」「在台灣海峽追擊飛彈的戰機，請勿過海峽中線。」中華民國預警機接連下令。

在日本海，兩艘海狼級偷偷潛到延吉東方二百五十公里處海面下。它們的目標是齊齊哈爾和海拉爾的兩處四基發射井，及在北安的十六基發射群。時間一到，兩艦共發射四十八枚巡弋飛彈，而美國知道這三個地方毫無防備，他們以為只要把飛彈射去，就可以完成任務打包回家，但他們錯了。

在三月一日早上九時整，高西可夫級獵潛艦偉大主席號，自北朝鮮的清津出港。艦長「朴上校」帶領一百八十五名船員，出航作例行又無聊的巡邏。這是一艘五千八百噸的新型獵潛艦，「朴上校」雖不知有什麼可獵，但身為共和國最新銳獵潛艦艦長，無疑是無上光榮的事，所以「朴上校」決心悍衛祖國領海，不讓一隻耗子逃過自己的眼皮。

到了晚上八點十分，「朴上校」接到報告，就在己艦北方四十五公里處，有漁民看見數十道火光自海面升起朝西北飛去，「朴上校」立刻下令：「全速朝事發地趕去。」

晚上八點五十五分，兩艘海狼級在稍早發射完飛彈後，向東前進七公里，然後雙雙浮出海面，相互通話，順便透一透氣。畢竟關在水面下太久了，日本海又看起來很安全，再加上現在又是黑夜，浮出來十分鐘，應該沒有什麼問題，何況海參崴又遠在三百多公里外。

過了八分鐘，忽聽聲納室急喊：「螺旋槳聲，水面大型船艦，南方十三公里處！」海狼級一號艦長急令：「緊急下潛、緊急下潛！」

「雷達發現兩架飛機，西北方八十五公里。」

「水面船艦經判別為高西可夫級獵潛艦。」聲納室連續報告。

「下潛、下潛！」

海狼級一號艦艦長面臨兩難，若身處淺浮狀態，他本可用「黑旗」飛彈突襲敵機，但現在有水面的獵潛即將到達，所以只好命令下潛。

獵潛艦偉大主席號艦橋：「雷達發現兩艘敵艦！北方，距離十二公里，」聲納員報告，「進水聲，是潛艦，正在下潛中。」「朴上校」下令：「反潛飛彈一號、二號待命！」

「距離十公里，潛艦已完全下潛！」聲納員持續追踪。「目標一、目標二向東加速中，距離九公里」，艦長急令：「反潛飛彈一號發射、反潛飛彈二號發射！」

海狼級一號艦：「水中有魚雷，兩枚，距離八公里。」

「一號魚雷目標T1（偉大主席號），發射！全速前進。」

海狼級二號艦也幾乎同時發射了魚雷。

這時由海參崴飛來的AN－292俄製反潛機已飛臨上空，立即投下聲納浮標，由於兩艘海狼級正在急於加速中，所以幾乎立即被反潛機捕捉，反潛機立即投下兩枚魚雷。

幾乎同時，偉大主席號又發射了兩枚魚雷，是MR－3重型魚雷，隨即得聲納員急促的報告：「水中有兩枚魚雷，目標本艦！」

「左滿舵，全速前進，對抗策啟動。」

六枚追擊海狼級的魚雷中，有五枚朝著一號艦而來，一號艦受到五枚魚雷攻擊，一連兩次放出「鯊魚」誘餌，誘開了兩枚魚雷，但後三枚卻無論如何都躲不掉，三枚先後擊中艦尾，其中兩枚還是重型魚雷，海狼級一號艦中雷後立即沉沒。二號艦就幸運多了，用誘餌騙開了唯一的一枚魚雷，然後向前發射模擬聲標，接著左轉艦身，向北逃命去了。它的新目的地是「日本大地塹」。而兩艘海狼級潛艦先前所發射的四十八枚巡弋飛彈，一路暢行無阻，飛越長白山，澈底將齊齊哈爾、海拉爾與北安三處基地炸毀。

另一方面，偉大主席號被兩枚魚雷追擊，到距離四公里時，從船尾放下一個拖曳式音響干擾器，邊到船尾六十公尺處，開始干擾魚雷的聲納。但可惜他們遇上的是美國

MK-52型魚雷，偉大主席號的干擾器用盡艦上電腦中的頻率，魚雷都毫無反應，最後兩枚魚雷一枚在艦尾爆炸，一枚在艦底中央部爆炸，偉大主席號隨即翻覆沉沒，艦上一百八十六名官兵，只有十幾人跳海逃生，但也無法承受日本海的海水低溫。在一個多小時之後，一百八十六名北朝鮮的戰士，全部葬身日本海。

在南海，十五艘美國潛艦自巴士海峽往南一線，一字排開發射飛彈，接著往東航行，目的地是關島。但他們不知道中國的南海艦隊已在前頭堵住後路。只有另兩艘海狼級因目標是大理、昆明、桂林、貴陽等四個四基發射井，所以這兩艘海狼級無聲無息地摸到瓊州海峽，等於深入南海艦隊的後院。而南海艦隊的老家正唱著空城計，整個海南島周邊只留下幾艘巡防艦。

兩艘摸到瓊州海峽的海狼級共發射了四十二枚巡弋飛彈，然後轉向西南全速駛離。一路上並無阻礙，也無任何追兵，因為全世界沒有任何水面艦可以追得上海狼級。

巴士海峽的十五艘美國潛艦，撞正了南海艦隊，經過一番苦戰，被擊沉五艘洛杉磯級潛艦，而南海艦隊則被擊落五架直升機、兩架固定翼戰機，水面艦慘遭擊沉了五艘巡防艦、兩艘護衛艦、兩艘勇壯級驅逐艦，擊傷兩艘護衛艦、兩艘勇壯級驅逐艦，更慘的是旗艦煙台號巡洋艦及艦隊唯一的航艦黑龍江號，雙雙被擊傷失去戰鬥力。

這就是「潛艦」對「水面艦」的優勢，十三艘洛杉磯級加上兩艘海狼級的威力，讓中國艦隊得了一次慘痛的教訓。

十七艘潛艦在南海所發射的巡弋飛彈出總共近四百九十枚，其中有一百二十八枚被攔截，大約百分之七十五的預定目標被摧毀。

在東海，美軍的十八艘潛艦發射了近五百枚巡弋飛彈，然後轉頭朝中太平洋踏上歸途，但其中有十二艘在歸途中碰上了中國的東海艦隊。這回東海艦隊由三艘青島級巡洋艦及遼寧號、山東號、河南號等三艘航空母艦，八艘勇壯級驅逐艦，以及由各式獵潛艦、巡防艦、護衛艦等三十六艘的護衛船艦所共同組成。艦隊所配載的直升機及反潛定翼機共有八十架。

東海艦隊採取「距外交戰」的模式，儘量把艦隻置於視距外，指派飛機、直升機在遠距離偵搜、接戰。

這十二艘美國潛艦中，只有一艘是海狼級。海狼級配備「黑旗」防空飛彈，但是只有六枚的備彈量。所以當海狼級射下四架直升機而用盡「黑旗」飛彈之後，美國潛艦群便如甕中之鱉，毫無還手之力。最後東海艦隊以四架直升機、兩艘護衛艦的代價，換得擊沉美軍一艘海狼級潛艦，四艘洛杉磯級潛艦。而美艦稍早前之前在東海發射的近五百枚巡弋飛彈，被攔截機和防砲擊落三百四十枚，總估計對華北、華中各基地造成百分之六十五的破壞。

海戰，在台灣海峽可安靜多了。

中華民國八十艘制海艇航行到各自的定點，放出艇尾兩個圓桶，一聲「完畢、回航。」各艇加足馬力以四十五節的全速返港。到此，台灣海峽的海戰，基本上已經結束。

這八十艘制海艇投下的是中華民國所研製的「主動水雷」，一下海三十分鐘後啟動，其下有一條繫留繩，可在海峽中的大陸棚上維持一百公尺水深。可設定開始及結束的時間，遇有水面或水下船艦通過，即刻發射主動聲納，捕捉敵艦後立即以噴射渦流推進，速度一百二十節，射程十二公里，彈頭威力如重型魚雷。

在台灣海峽中的那十三艘海狼級潛艦，就這樣無聲無息地被「主動水雷」幹掉了十二艘，倖存的一艘在兩天後出現在中太平洋，它完全不知道發生了什麼事，只曾聽到無數次水下的爆炸聲，它更不知道自己是踏著戰友的死亡足跡逃出來的。此事中華民國不說，美國也永遠摸不著頭緒。

而稍早之前由這十三艘海狼級自台灣海峽所發射的三百五十枚巡弋飛彈，有十九枚被ＩＤＦＰ擊落，有一百九十八枚被中國攔截。另外，美潛艦在台灣東岸發射的二百六十二枚巡弋飛彈，有一百三十六枚在台灣及附近海域被ＩＤＦＰ及「隱形戰機」擊落，有七十九枚被中國攔截，剩餘的飛彈，造成華南地區的基地大約百分之三十五的損壞。

二〇二二年三月二日，中原標準時間半夜三點，中南海，各軍頭徹夜不眠地等待各地傳回災情。

「何部長」氣憤地說：「那我們還剩什麼？」

二砲司令員說：「從我總計出來的資料看來，我們射程九千公里以上的飛彈，單彈頭八百萬噸級的有二十一顆，二百五十萬噸級的有六十六顆，二百萬噸級三彈頭有一百零一枚，即可搭載三百零三顆彈頭。也就是說只剩原來的四分之一。其它大約一千枚都是射程四千公里以內的短程飛彈，而且是不到五十萬噸的。」

「現在大家要想想辦法，該如何利用手上這些核彈，繼續維持恐怖平衡，讓他們不敢妄動。」主席說，「現在又有新情報進來，轟炸塔什干的B-2是來自土耳其，轟炸康定的B-2是來自菲律賓。我們是否要作出回應？」

國土安全部長說：「我們不能在這裡坐以待斃，我們必需給美國一個震憾教育，我提議先對土耳其、菲律賓宣戰，使其它國家不敢助紂為虐。再對安卡拉及馬尼拉實施毀滅性的核打擊，讓美國人知道中國的決心。最後再對關島及塞班島使用傳統武力，做一次大規模的打擊，讓美國人親身經歷被攻擊的痛。這樣，既可下馬威，又不違反《核互不侵犯條約》。大家意見如何？」

主席說：「好，五分鐘後大家投票表決。還有，立刻下令，預警機二十四小時警戒，戰機維持一定數量在空中盤旋……又有新情報，西藏受到攻擊，是孟加拉灣的美國巡洋艦所幹的好事。」

海軍司令員說：「我們在南海正好有兩艘基洛級潛艦，我現在馬上下令他們趕往麻六甲海峽埋伏，一定要報一箭之仇。」

「快去吧。」主席說。

過了十分鐘，經過投票表決，國土安全部長的三項提議，獲得一致通過。就此，他們決定了上百萬人的命運。

中國派駐俄羅斯大使與俄羅斯外長會晤，談及中國將對土耳其與菲律賓核攻擊的事。俄羅斯外長想起與土耳其的新仇舊恨，便說：「只要沒有核攻擊美國，就沒有違反《核互不侵犯條約》。」

至此，中國猶如吃了定心丸。

三月二日早上九點整，日本海，海狼級二號艦已快逃到新目的地「日本大地塹」，但他們不知道，此處已有更凶狠的敵人——以庫茲涅佐夫海軍上將號為首的俄羅斯「日本海艦隊」，正在「日本大地塹」的西口，即以前的上越沖，實施反潛訓練，海狼級二號艦有如送上門的獵物。

海狼級二號艦：「水面螺旋槳聲，東北方二十一公里。」

「減速，魚雷備便。」海狼級二號艦艦長眼看避無可避了，遂決定先發制人，但他不知道將要遇上的是整個艦隊。

「距離十五公里，是俄羅斯海軍克瑞斯塔級護衛艦。」

「一號魚雷發射管、發射，全速前進！」海狼級二號艦艦長心裡直發毛，「它護衛著什麼？莫非不只一艘敵艦？」

海狼級二號艦：「魚雷距目標四公里！」「魚雷距目標一公里！」「魚雷命中目標，船體破裂聲！」艦上眾人來不及歡呼就聽到聲納室急喊：「空中有螺旋翼聲，複數，又有螺旋翼聲，大約有四架直升機朝本艦所在地飛來！」「聲納浮標落水聲。」「我們已被乒到了。」「已來不及發射『黑旗』了，右滿舵，全速前進！」艦身正在轉向時，聲納室又驚呼：「水中有魚雷，距離本艦四公里！」「發射誘餌。」「又有魚雷落水聲，距離五公里。」「第一枚來襲魚雷被誘餌誘開，第二枚魚雷距離本艦三點五公里！」「再發射誘餌！」「第一枚魚雷重新盯上我艦，水中又有第三枚魚雷，最接近的魚雷距離一公里。」「距離三百公尺……距離一百公尺！」在艦上眾人驚慌中，魚雷在距離艦尾四十公尺處爆炸，接著第二枚魚雷直接命中已破損的艦尾，第三枚魚雷再在艦首處補上一記，海狼級二號艦就此永沉海底，不見天日。

三月二日下午一點整，北朝鮮對美國宣戰，並誓言將以核彈把華盛頓化為灰燼。

俄羅斯也嚴厲指責美國侵入日本海，並無預警地向俄羅斯艦隊發動攻擊，俄、美已處於準戰爭狀態。

中國對土耳其以及菲律賓宣戰，並預告將對這兩國做出報復，對美國亦會施予懲罰。

三月三日晚上八點整，兩艘基洛級千里馳赴麻六甲海峽，他們靜靜潛伏在航道一側，因為他們接到當地情資，有兩艘大型軍艦剛進入麻六甲海峽。

「預定一小時後接觸，聲納員注意！」

聲納員報告：「聲納接觸，螺旋槳聲，大型艦艇！又一螺旋槳聲，這次更大型，命名為敵艦一號、敵艦二號，距離十八公里。」

基洛級一號艦艦長看著手中那張得來不易的「東行大型船舶清單」，心中一震，「是它了！」艦長下令：「立刻以水下通話通知僚艦靜音，等目標進入五公里內，再一起發動攻擊。」

「距離五公里！」聲納室報告。

「魚雷室聽我命令，魚雷一號、二號目標為敵艦一號，魚雷三號、四號目標為敵艦二號，放、放、放、放，魚雷再裝填，待命，重新設定目標為敵艦一號、敵艦二號，放、放、放、放。」兩艘基洛級共射出十六枚魚雷往敵艦飛奔而去。由於魚雷在至近距離，敵艦根本來不及反應，也無處可逃，十六枚魚雷都沒浪費，全在兩艘美軍水面艦的艦身周邊爆炸。

聽到爆炸聲後，基洛級一號艦浮到潛望鏡深度，用潛望鏡觀察戰果，只見一艘驅逐艦正在下沉中，還有一艘巡洋艦艦身多處起火，看起來就是不沉也差不多毀了。

艦長滿意地下令：「任務完成，回航！」

中原標準時間三月四日早上八點整，在中國西陲新疆蒲犁這個地方，來了兩輛輪型大卡車，車上各載著一個巨型的長圓柱體。

上午十一點整，兩個圓柱體的一端舉升上來，升到定位，忽見火光沖天，一枚飛彈在火光中射出，一分鐘後又一枚朝同方向射出。

同一時間，在廣州也上演了同一場景，只不過這次僅射出一枚飛彈。

那是「東風－25」中程導彈，各搭載一顆三十萬噸級的熱核裝置。蒲犁發射的兩枚飛彈目標是土耳其的安卡拉，廣州發射的飛彈目標則是菲律賓的馬尼拉。

因為安卡拉的空防較嚴密，所以中國用了兩枚飛彈，第一枚飛彈先在安卡拉的一百八十公里上空引爆，EMP解除了安卡拉的空防體系，一分鐘後，第二枚飛彈再以破竹之勢，直達一千五百公尺上空引爆，一團巨大的火球冉冉下降，直至地面。

位於爆炸下方的土耳其總統府，瞬間被夷為平地，因為當時尚未到一般上班時間，所以土耳其總統逃過一劫，而一般民眾都是在睡夢中死亡。安卡拉一共死傷三十五萬人。

菲律賓的境遇更悽慘，因為馬尼拉沒有現代化的防空系統，所以一枚「東風－25」飛彈直接在一千五百公尺上空爆炸，當時正逢上班尖鋒時刻，菲律賓總統在瓦礫堆中喪命，馬尼拉共死傷五十五萬人。

雖然這兩國的人民全都感到悲憤，但卻也無法對中國做出報復，總統尚在的土耳其是如此，更遑論菲律賓，於是他們只能默默把仇恨轉嫁到引戰的美國身上。

本來美國自準備對中國宣戰以來，就派了神盾級巡洋艦舊金山號在馬尼拉灣巡弋。而美國的神盾級巡洋艦全都新裝了「標準三型」反彈道飛彈，射程五百公里，可有效攔截洲際彈道飛彈。而舊金山號被擊毀後，本預定四天後丹佛號會自孟加拉灣趕來接替防務，所以當基洛級在麻六甲擊沉丹佛號時，便也斷送了馬尼拉五十多萬人的性命。

華盛頓時間三月三日凌晨一點，美國總統說：「這是怎麼一回事？你們誰能告訴我？」

海軍部長說：「我們的潛艦總共被擊沉十二艘，另有十三艘海狼級尚未回報，我軍發射的巡弋飛彈已造成預定目標百分之七十的損壞。另外，丹佛號巡洋艦及佛萊契號驅逐艦在麻六甲海峽，因不明原因中雷沈沒。」

空軍部長說：「我們損失了五架 B－2，擊毀了三分之一的預定目標。」

國家安全顧問說：「成果還算可以，只是戰損太大了。」

就在此時，又有新情報進來，海軍部長一聽情報內容後暴跳如雷：「只回報一艘？水中爆炸聲？世界上有什麼東西可以一次擊沈十二艘海狼級？天啊！我們該怎麼辦？」

國家安全顧問說：「鎮定，鎮定！我們已經摧毀中國五分之四的核武，我們仍是世界第一強國。」

中情局局長信心滿滿地說：「中國這隻紙老虎已被我們剁了四肢，以後最多只能叫兩聲，他們所剩下的那一百多枚ＩＣＢＭ，我們的反彈道飛彈就足以對付了。他們現在正忙著擔心我們會攻擊中國。看著吧，接下來的幾天他們什麼都不敢做。」

海軍部長說：「你還敢開口，一年多前海軍就是被你害得失去三分之二的航艦，這次又害得我們失去一半的海狼級與兩艘巡洋艦，我只知道每次你一開口，我們就要倒大楣，大家走著瞧吧。」

國家安全顧問說：「算了，大家冷靜，再看未來三天的局勢發展吧。」

第二天他們又被叫來開會，國家安全顧問說：「中國竟敢核攻擊土耳其和菲律賓，我們要作出什麼回應？」

中情局局長說：「他們這樣做，證明中國不敢惹我們，看來必須要給中國一點顏色看，不如我們對北朝鮮先來個下馬威！」

海軍部長說：「你又出餿主意了，告訴你，要這麼幹，你可要負擔後果。」

總統說：「就這麼辦，我已經沒耐心了。」

而就在此時，南韓正式通知美國：「將考慮美軍繼續駐韓的必要性。」

中國方面，「東風－4」是中國已屆退役年限的中程彈道飛彈，有部分飛彈正在拆除中。三月二日，忽接命令，停止拆除，全部改裝傳統高爆彈頭，而且要日夜趕工。三月七日，全數一百六十八枚改裝完成，並運到福建海濱的一個祕密城市。

同一天，中國的大艦隊向關島進發，國內也準備了重重打擊敵人的武器。這次中國是卯足全力來對付關島，因為這回不能使用核武，所以能用得上的傳統武器都用上了。二砲部隊提供一百六十八枚「東風－4」和二十二枚「東風－25」中程彈道飛彈。

空軍則提供了十八架服役歷史最久的轟－6，每架將外載四枚「鷹擊－5X」空對地導彈。四十架轟－7，每架將掛載六枚長程對地導彈。還有四十八架Su－27，其中有三十六架各掛載兩枚「高速反輻射飛彈」，以及兩枚「白楊三」空對空飛彈與兩枚「環礁五」短程空對空飛彈。另外十二架則是全副空戰配備以為機群護航，並也準備了四架空中加油機。

海軍共有三艘航母，共載有三十八架殲－15，將各掛載兩枚「鷹擊－5X」空對地導彈，另有三十六架Su－35K，將維持艦隊的制空權。另外各艦屆時將發射各種艦對地導彈。在艦隊前緣並有十八艘基洛級潛艦，作為反潛先鋒。

中國另與北朝鮮達成協議，北朝鮮將在同一時間發射三十六枚「舞水端」飛彈，攻擊關島。

三月七日，美國卻先動手了。

三月七日，美國用兩架B－1轟炸機，在北朝鮮寧邊、元山的核武設施，各投下了一枚B－61鑽地原子彈，把這兩個地方連根刨起，此舉令北朝鮮舉國沸騰。美國並不知道北朝鮮已有兩顆完成品，裝在「舞水端」與「銀河」飛彈上，美國這次可捅了大簍子。

三月十日凌晨兩點，中國艦隊已開到關島西南六百公里附近，忽然全艦隊往東北轉進，位在關島的監控中心立即察覺，遂命八架F－22B及四架F－15在跑道待命，一旦中國艦隊跨越三百公里的紅線，立刻出擊。

同日凌晨四點，福建的火箭基地傳出驚人巨響，一百九十枚彈道飛彈同時發射出去。又另一方面，北朝鮮也同時發射了三十六枚「舞水端」彈道飛彈，二十至二十五分鐘內一起到達關島上空，目標是關島機場。

關島設有兩座SAD反彈道飛彈，射程五百公里；八座愛國者P3飛彈，射程一百五十公里，擊毀率百分之八十。在港內有兩艘驅逐艦，艦上各有一座雙聯舉臂式SM－2飛彈，所以關島堪稱「固若金湯」。但他們從未想到有一天他們要同時面對二百多枚彈道飛彈，「金湯」也被烈焰蒸發掉了。

結果關島只抵抗了不到五分鐘，射下了四十多枚飛彈之後，來襲的彈道飛彈就像雨一般落下，防空系統被破壞了三分之二，機場也暫時不能起降飛機。

凌晨五點，從浙江起飛了四十架Tu－22M逆火式轟炸機及四十八架Su－27側衛戰鬥機，各機以近音速直朝關島前進。

早上七點，自中國艦隊上起飛了四十八架殲－15，以及二十四架Su－35K，一同朝關島殺去，各艦上所有的長程飛彈也一齊向關島發射。

Tu－22M飛到離關島二百五十公里處，發射了二百四十枚飛彈後，立即加速返航；Su－27則是加速飛到距關島八十公里的地方，發射了六十四枚「高速反輻射飛彈」後也加速返航。

「高速反輻射飛彈」後發先到，掃除關島殘餘的防空武力，再由Tu－22M的對地飛彈與殲－15的「鷹擊－5X」空對地導彈，再一次重創地面設施，這時關島已無反擊能力了。美國自誇在西太平洋的「不沉的航空母艦」，在三個小時之內已成了一艘載浮載沉的破船，沒有一架飛機來得及起飛。

早上八點，轟－6正要起飛，忽聞命令取消，原來北朝鮮又發射了兩枚「舞水端」飛彈，這時關島已無力攔截。兩枚飛彈依序落下，沒想到第二枚竟是二十萬噸級的核彈。這枚核彈在關島一千公尺上空爆開成一團火球，十數秒後籠罩了關島四分之三的土地，也奪走了二分之一的生命。

事情還沒結束，三十分鐘後，中國山東又發射七十二枚「東風－26」彈道飛彈，再過八分鐘，北朝鮮也發射了十八枚「大浦洞」彈道飛彈與十二枚「舞水端」彈道飛彈，目標是馬里亞納群島北端的塞班島，這是美國在西太平洋最後一個空軍基地。

塞班島用盡了島上的防空飛彈，仍無法抵擋一百零二枚飛彈的攻擊，而最後襲來的「舞水端」飛彈中，有四枚裝有一點八萬噸當量黃色炸藥的原子彈，四枚全部擊中目標，北馬里亞納群島又多了一艘破船。

中原標準時間三月十日凌晨四點二分，在美國華盛頓，美國總統正在用餐時，特勤人員一擁而上，將他帶到地下碉堡，原來是緊急狀況：「中國全面發射彈道飛彈，將近二百枚；北朝鮮也發射了飛彈，總共二百二十六枚，彈道低垂，飛彈目標一致，奇怪，都是關島！」「落地點關島判明。」美國總統說：「天啊！有什麼可以支援他們的？」其實他內心感覺到安慰，幸好不是攻擊白宮，但他不知道接著塞班島也將受到慘無人道的攻擊。

「我們的航艦在十二小時的航程外，而且那是危險地域，只能祈禱他們能挨過這一擊。」國家安全顧問說。

空軍部長說：「中國的艦隊已經靠到三百五十公里外，而我們的飛機暫時不能起飛，我擔心中國海軍會有所行動。」

「只能再看看了，這事一了，我一定會對中國還以顏色的。」總統說。

報告來了，關島被一百多枚彈道飛彈擊中，防空設施被破壞三分之二，沒被破壞的大部分也無法補給飛彈了。飛機一部分被炸毀，機場也完全無法運作。

海軍部長說：「哼！這就是中國的目的。我看好戲還沒上場呢！」

眾人只能乾著急，一時卻也想不出辦法。

報告緊接而至：「衛星測得中國浙江有大批飛機起飛。」「中國機隊距離五百公里。」「中國艦隊也起飛戰機。」「中國艦隊發射大量飛彈，機隊也發射了飛彈。」

海軍部長說：「來了！這才是他們的主菜，天祐關島！」他錯了。

四十分鐘後，關島已成廢墟。

國家安全顧問說：「要關島清點損失，我們大家再研究如何反應。」

過了二十分鐘，又有急報：「北朝鮮又發射彈道飛彈！」

「難道是針對華盛頓？」中情局局長驚慌地說。

「彈著點判明，又是關島！」

「媽的，這些瘋子到底想幹什麼？」中情局局長如釋重負地說。

海軍部長瞪了中情局局長一眼後，說：「完了，這絕對是核攻擊，關島需要上帝保祐了。」

「不可能的，我們已把北朝鮮的核武解決掉了！」中情局局長大聲地說。

海軍部長厲聲地說：「是的話最好，不然我要你為此負責。」

十五分鐘後，大家的惡夢成真了。海軍部長氣憤地說：「你們要到何時才能記取教訓？」

就在此時，國家防衛中心又報告：「中國又發射飛彈。」大家屏息以待，接著又傳來報告：「北朝鮮也發射了飛彈。」「目的地判明，都是塞班島。」然後大家眼睜睜看著塞班島成為一片廢墟。

大家都義憤填膺，一致要核報復北朝鮮，海軍部長則力勸眾人冷靜。

海軍部長說：「你們真的願意把美國本土化為廢墟嗎？」

中情局局長說：「他們再也沒有核彈頭了，就算有也打不到夏威夷，何況我們如果不制裁北朝鮮，又將如何對付中國呢？」

「我不管了，你們想怎麼做就怎麼做吧，願上帝寬恕你們。」海軍部長憤憤地說。

就這樣，最終大家還是決定要核報復北朝鮮。

三月十一日早上十一點，一枚「義勇兵三型」洲際彈道飛彈自明尼蘇達州升起，四十分鐘後到達北朝鮮的青津，瞬時造成三十五萬人死傷。

美國此舉踰越了紅線，從此走上不歸路。

清津本是北朝鮮西北的一個小漁村，後經日本人大力建設，成為大型貨物吞吐港。日本戰敗後毫髮無傷地由北朝鮮接收，日益繁榮，現有四十萬人口。美國經過仔細推敲才選定這裡，此處應該沒有什麼外國人，所以用一百萬噸的核彈做過度擊殺，以儆效尤，但他們這次又錯了。

俄羅斯副國防部長「謝夫成柯」正在清津訪問，早上十點才下飛機，來北朝鮮祕密訪問，剛到一小時就與清津共存亡了。俄羅斯勃然大怒，遂驅逐美國駐俄大使，並將俄美關係降為領事級。

另一方面，北朝鮮正形成一股前所未有的團結風潮，不計代價要摧毀美國。一天之內，全國有一百六十萬退伍軍人登記自願復役。北朝鮮現有一枚三十萬噸級的核彈頭，政府想盡一切手段要把它扔到華盛頓。

南韓宣布與美國斷交，這是此次事件中美國第一次外交上的挫敗，畢竟南韓如果不這麼做，恐怕北朝鮮下次會把核彈扔到南韓頭上。

俄羅斯緊急自海參崴調來四座 S-300 防空飛彈，連同操作人員一起祕密軍援北朝鮮。

三月十六日，歐盟組成調解團赴美，力促停火，最後卻無功而返。

三月十九日，美國間諜衛星拍攝到北朝鮮在「元山」發射架上豎起四座「銀河飛彈」，這使得美國大為緊張，參謀聯席會決定要立即除去這個心頭大患，便自夏威夷派出兩架 B-1B 前去轟炸。

這兩架 B-1B 槍騎兵自夏威夷起飛，飛經太平洋由黃海接近，準備進入朝鮮半島。沒想到剛快飛到元山時，在海岸邊落入四座 S-300 的交叉火網，被四枚 S-300 防空飛彈擊落。而「銀河飛彈」依舊豎立在元山。

美國總統認為事態緊急，「銀河飛彈」已上架，隨時會發射。遂決定用一枚調整過威力的「義勇兵三型」洲際彈道飛彈攻擊元山。

四十分鐘後，飛彈準確地擊中元山市中心，彈頭深入地下才爆炸。這顆核彈經調整為十萬噸當量的黃色炸藥威力，於地底引爆，最大威力可摧毀目標區建築，又可限制核彈的殺傷範圍，估計大約會造成一萬人的死傷。

但其實這顆核彈只造成北朝鮮五人死亡，以及炸毀四個飛彈和發射架的模型，但北朝鮮祕而不宣，美國上了大當而不自知。其實在十二天前，元山已被美國炸毀，北朝鮮特地造了四組「銀河飛彈」模型，又將四套 S-300 設在元山二十公里周邊，等美國人上當。現在美國人要承受全世界的非難。

歐洲連盟、不結盟主義國家組織、非洲國家組織等三大組織，聯合發表聲明：「美國不應濫用核子武器，世界並不是美國獨有，再這樣下去，美國是否考慮與世界為敵？」

三月二十一日，海牙國際刑事法庭發布對美國前總統的通緝令，一百一十四個會員國若有他的行蹤，皆有義務將他逮捕解送海牙，這一百一十四國包括美國，但美國完全不予理會。

三月二十六日晚上八點整，美國派轟炸機兵分四路，意欲將中國殘存的核子武力一舉掃除，並破壞中國的核武生產能力。

第一路（最北路）是由四架B－2所組成，B－2這次是由黃海偷偷溜進中國，目標仍是銀川與烏蘭巴托。這次中國沒料到B－2會由這個方向進入，而且B－2改變戰術，這次用AGM－71短程攻地飛彈，每架B－2攜帶八枚，在七十公里外就發射。這回成功摧毀了銀川與烏蘭巴托的飛彈發射井，四機全部安然返航。

第二路是以遼東半島為目標。美軍以四架B－1B來襲，自海岸線二百五十公里外發射AGM－84空射巡弋飛彈。第一個目標是瀋陽的火箭裝配廠，第二個目標是長春的重水提煉廠，第三個目標是大連的火箭燃料生產工廠，第四個目標是鄭州的四基飛彈發射井，第五個目標是吉林的四基飛彈發射井。以上任務全部完成，第二路的四架B－1B也都安全返航。

第三路也是由四架B－1B所組成，由渤海灣以南海岸線外二百公里處開始發射巡弋飛彈，目標分別是葫蘆島的飛彈發射場、江蘇南京市郊的四基飛彈發射井、杭州的四基飛彈發射井與山東濟南的核研所。第三路的B－1B完成任務返航時，有一架被Su－27追上擊落。

第四路由六架B-52自台灣東部海域接近，台灣空軍立即起飛八架F-16D升空攔截，「不明國籍飛機請注意，你已接近台灣領空，請立刻回頭，請立刻回頭！」F-16D長機透過國際頻道呼叫。忽然間，所有的F-16D的搜索雷達上一片雪花，無論如何重複啟動都沒有效，B-52已自雷達中失去蹤影。原來B-52攜帶了干擾莢艙，專用來干擾F-16D的「AN/APG-6X」空用雷達。F-16D急詢指揮中心，中心急電高層請示，正僵持不下時，B-52已飛臨台灣領空，這時B-52竟然開始發射飛彈，四分鐘後，台灣地面管制中心緊急呼叫F-16D：「立刻撤離飛彈火力區。」三分鐘後，F-16D完全撤離。「發射！」台灣地面防空飛彈部隊射出了「弓四飛彈」，第一波防空飛彈共四枚，擊中了兩架B-52，餘下的B-52四散奔逃，地面防空部隊下令：「停止射擊，監視他們直到離開台灣領空。」剩餘四架B-52就這樣夾著尾巴逃離了。

這六架闖入台灣領空並發射飛彈的B-52，共攜帶一百四十四枚巡弋飛彈，發射了一百一十五枚，全都朝中國而去。飛彈在中國領空被擊落十六枚，餘下的九十九枚摧毀了中國兩個飛彈發射場、九個四基發射井，南昌及漢口的飛彈發射場呈半毀狀態。

五小時後，美國華盛頓，中情局局長興奮地說：「太好了，真是漂亮，現在中國再也無力跟我們大聲了，他們的核武已和印度差不多了。」

國防部長說：「唯一美中不足的是，他們在汕頭的飛彈發射群毫髮無傷，都是台灣害的。台灣竟敢擊落我們的轟炸機，這筆帳遲早要跟台灣算的。」

中情局局長說：「別擔心，我來想個一石二鳥之計。」

美國總統說：「你儘快做好書面計畫給我看。」

第十四章　核戰

二〇二二年四月四日，美國參謀聯席會，參加者只有美國總統、連合作戰參謀、國家安全顧問、中情局局長、國防部長、海軍部長、空軍部長等七人。

國家安全顧問說：「現在發到你們手上的作戰計畫，是由中情局提供，總統已經看過，並已同意執行。你們看看有什麼意見。」

海軍部長看完後，站起來高聲地說：「天啊！你們竟然要學日本以前的那批瘋子！難道我們一定要這麼不擇手段嗎？還有，你們難道忘了，當初二〇二〇年日本用潛艦偷襲台灣，數小時後就發生東京大爆炸，緊接著日本再用彈道飛彈攻擊台灣未果後，不到二十分鐘，日本的發射基地便灰飛煙滅，日本再使用巡弋飛彈攻擊台灣不成功，沖繩跟著莫名其妙地發生核爆，我們已有日本的前車之鑑。還有，一個月前，我們派了十三艘海狼級進入台灣領海，卻損失了十二艘，至今沒有人知道到底是怎麼回事，而你們現在居然又想在台灣生事？美國難道想落得跟日本一樣的下場嗎？」

空軍部長說：「二〇二〇年日本戰爭時，當時我還是副部長，我們派了兩架F－22B到台灣領空搶人，卻不知為何無聲無息地被擊落。一想到台灣，我心裡總是毛毛的。」

中情局局長不屑地說：「我們國家中就是有些失敗主義者，我們可不同於日本人，台灣是喝我們奶水長大的，為我們犧牲一些也是應該的，就當作是對我們多年投資所作的回報。二〇二〇年對日戰爭時，一定是中國在搞鬼，日本才會那麼慘。」

海軍部長憤怒地說：「就是有你這種人，終日只會耍嘴皮子，也沒有從你這裡獲得什麼正確情報，正事不好好做，就只會提出一些餿主意，你想要日後大家陪你一起上戰犯法庭嗎？『打仗』，就要光明正大地打，不要整天做那些見不得人的勾當，又視人命為草芥，我恕不奉陪。」海軍部長說到這裡，便轉頭向美國總統懇求：「總統先生，你一定要聽這個好戰的傢伙胡說八道嗎？」

沒想到美國總統鐵了心，對海軍部長說：「『湯森』，辛苦你了，你想要退休，我准了，但請別忘了保密規定。」

海軍部長臉色鐵青，不發一語地走出會議室。

美國總統等海軍部長離開會議室後說：「各位，我已經決定要執行這個計畫，大家只需確認這個計畫本身還有什麼不周全之處就好了，至於海軍那邊，我會向海軍副部長說。

如果沒有什麼問題，就這樣決定了。現在我們大家都坐在同一條船上，船沉了，沒有人會得到好處。美國能蓬勃發展兩百多年，是因為美國把戰場隔絕於國家領土之外，這一點我們要永遠記得。」

中情局局長得意地說：「執行這個計畫之後，這場仗等於已經打贏百分之九十九，屆時世人將以在這個房間所做的決策，作為他們施政的風向球。至於台灣，只要事後給他們一點甜頭，他們就感激涕零了，台灣永遠不是個問題，哈哈！」

菲律賓的碧瑤是美國駐菲空軍第二預備基地。四月十三日，從碧瑤起飛了一架B-2，一路往西北飛，飛到了中國汕頭才切入海岸，再往西飛了五十公里，突然轉向東北，一路上機內的雷達預警器一直沒響過，這表示中國的雷達全未發現它的存在，「任務完成一半了。」正駕駛心想。

他不知道飛機的行蹤自始即被台灣的矩陣雷達所監控，這一轉向，立刻引起台灣方面的高度警覺。只見飛機突然急速爬升，直到三萬二千呎處。這時，B-2突然向上射出一枚，接著又一枚，共兩枚飛彈，三分鐘後，台灣響起了飛彈預警的鈴聲。「飛彈目標判定為台中與台南，注意，來襲的並非彈道飛彈！」值班雷達監視員大聲讀數，並立即通知防空部隊，防空部隊立刻備戰。因來襲的並非彈道飛彈，其彈道低垂，所以「抗EMP反彈道飛彈系統」束手無策。

防空部隊先自高雄SAD與台北的SAD基地，各發射一枚反彈道飛彈，結果雙雙在二百一十公里處與目標擦身而過，這時飛彈控制員才驚覺到SAD飛彈似乎被動了手腳，於是立刻再由台中及高雄的「天弓四型」防空飛彈，在四十公里處射下了一枚來襲的飛彈，接著台中與高雄又各再射出一枚飛彈，結果在六公里處的空中炸偏了目標，目標落在台南鹿耳門港內，炸彈遇水即爆。

這是一枚美製「AGM-87」擬彈道飛彈的陸攻飛彈，裝載一顆十萬噸當量黃色炸藥的熱核彈頭。本來這枚來襲的飛彈被設定將擊中台南市中心的地面，因為它原本無心要造成太多死傷，但這枚炸偏了的核彈最後造成了台南四萬五千人死傷。

原來，美國對外軍售的武器，為了避免被用來攻擊自己，大多事先動過手腳，所以這次SAD飛彈遇上美製飛彈，便完全派不上用場。

美國在五分鐘後公開譴責中國無端攻擊台灣。

台灣卻記錄了B-2的航跡，並確定B-2飛回到菲律賓的碧瑤。

稍早，B-2偷襲台中及台南後逃走時，在台灣左營的特戰旅指揮部，幕僚問「楊中將」：「要不要把B-2打下來？」

「楊中將」：「不用多費手腳，它總要飛回老巢的，把巡弋一號派到B5區去待命，要準備了，可能要大幹一場！」幕僚倒抽一口氣：「立刻辦！」「楊中將」又向另一位幕僚說：「我覺得不太妙，美國是不是想學二〇二〇年對日戰爭時日本的那一套？立刻派第一反潛艦隊到東北角，並派第二反潛艦隊到東南，再令『飛魚二號』立即出海，到台東外海待命。」

再過三十分鐘後，幕僚向「楊中將」報告：「B-2已近碧瑤，即將降落。」「楊中將」下令：「大鵬基地飛彈部隊，巡弋飛彈目標菲律賓碧瑤，彈種：六十萬噸，複誦，菲律賓碧瑤，六十萬噸。」

五分鐘後，「菲律賓碧瑤，六十萬噸，備便。」

「楊中將」下令：「發射！」

於是在台南被炸的七十分鐘後，屏東的大鵬灣爆出一陣火光，一個箭型物體往南高飛而去，二十分鐘後，碧瑤一千五百公尺上空爆出一朵香菇雲，冉冉而降至地面。這是一枚「隱形巡弋飛彈」，搭載六十萬噸當量黃色炸藥的金屬融合彈，造成碧瑤百分之九十人員的死傷，以及炸毀了那架偷襲台灣的B-2。但全世界都不知道這是由何人造成的。

在台南被炸後，忽然台灣的網路言論一面倒，要求台灣當局對中國報復，因為網路流傳美國已證實汕頭發射兩枚彈道飛彈，而中國汕頭就有彈道飛彈基地，又有很多不具名的台灣官員聲稱當局已決定報復。

台南遭炸，除了四萬五千人死傷之外，還摧毀了台南市內所有的古蹟。事實上，這件事已把台灣的軍心逼向臨界點，因為只有國防部知道真相。

美國宣布支持台灣對中國報復，而台灣表面上卻按兵不動。

四月十四日晚上八點整，在鵝鑾鼻東方二十公里海底礁岩棚處，一艘蟄伏兩日的海狼級浮升到二十五呎深度，艦長一聲令下：「發射！」剎時海面衝出一個圓柱體，接著一聲爆音，飛彈轉而朝西平行飛去。飛彈不斷的加速，並維持一百五十呎的高度，最後達到一點二馬赫。很快地飛彈已飛到汕頭岸邊，飛彈緩速爬升，到達二千呎高度，就在此時，飛彈爆炸了。位置在汕頭西北十點五公里，正好在ＩＣＢＭ與ＩＲＢＭ基地上空二千呎。飛彈爆炸後形成一團火球，並且急速降下，破壞下方的ＩＣＢＭ與ＩＲＢＭ基地，也殺死汕頭三十六萬居民，這是一顆五十萬噸當量黃色炸藥的氫彈。

這次換中國沸騰了，網路上大篇幅討論台灣自上次的巡弋飛彈攻擊以來，如何連續攻擊中國，中國又將如何報復台灣。奇怪的是，有很多篇報導說台灣已經承認，攻擊汕頭的飛彈是由台灣南部的大鵬基地所發射。

躲在鵝鑾鼻海域發射飛彈攻擊汕頭的海狼級，在發射完飛彈後，尋思要逃回珍珠港，因為它知道自己捅了馬蜂窩，如不快溜，會馬上被憤怒的蜂群圍攻。艦長急令：「下潛，目標珍珠港，五百呎，三十節前進。」

海狼級一發射完飛彈，立刻被台灣方面偵知。在東南四十公里外的第二反潛艦隊立即派兩架ＳＨ－60反潛直升機到來。

直升機到達時，海狼級已在東北方十公里，經過一番聲納追踪，終於乒到了，ＳＨ－60立即投下ＭＫ－46魚雷。

「水中有魚雷！是ＭＫ－46，距離五公里，又一枚，也是ＭＫ－46，距離六公里。」聲納室報告。

「自家的過時產品，很容易對付，誘標兩套準備。」海狼級艦長不屑地說。

「一號魚雷距離三公里，二號魚雷距離四公里。」

「一號魚雷距離兩公里，二號魚雷距離三公里。」

艦長下令：「一號誘標，放！」

「一號魚雷朝向誘標而去。」

艦長又下令：「二號誘標，放！緊急上浮！」

「二號魚雷朝向二號誘標而去。」

「全速前進！」艦長得意地下令。

就這樣海狼級揚長而去，但它不知道它的針路正巧會碰上「飛魚二號」的攔截航路。

中華民國海軍在二〇二〇年八月，俘虜了日本的春潮級潛艦，發現在未及銷毀的電腦檔案中，竟有各國先進潛艦的聲音檔與噪音檔特性。其中包括洛杉磯級與海狼級，連俄亥俄級與維吉尼亞級都有，雖不知日本是如何獲得的，但中華民國海軍毫不客氣地將這些資料祕密接收，變成海軍的資產。

當「飛魚二號」接獲第二反潛艦隊的通知時，正在台東東方偏南六十公里處待命，「張艦長」經過計算之後，判斷潛艦若以三十五節往東南前進，將在四十五分鐘後與海狼級相遇，於是下令：「四十節，航向二〇五前進。」三十五分鐘後，「減速，聲納室報告。」聲納室：「無接觸！」十分鐘後，「聲納接觸，西南偏南，十二公里，命名為T1，航向一四九，速度三十節。」

「張艦長」下令：「航向二四五，航速十五節，讓它（T1）先過去，魚雷一號、二號備便，戰雷頭威力減半。」

聲納室：「距離七公里。」

「張艦長」：「一號魚雷瞄準艦首，二魚雷瞄準艦尾。」

「設定完成！」魚雷室報告，「距離九公里。」就是現在了，「張艦長」急令：「一號魚雷發射、二號魚雷發射！」

魚雷室：「魚雷離開發射口，魚雷感應到目標，切斷導線，改成噴射模式。」

魚雷呼嘯著，朝目標飛奔而去。

就在此時，海狼級「彼得艦長」仍不知危險已迫在眼前，悠閒地下令：「總算到了國際水域，任務圓滿完成，減速至二十節。」才剛下完命令，突然聲納室驚喊：「水中有魚雷！聲音變換，音頻變得極高，高速接近，天啊！這是什麼東西？速度一百二十節，距離十公里！」

「彼得艦長」急令：「全速前進！」

「距離五公里！」

「彼得艦長」一驚：「這麼快！放誘標，上浮，再放誘標！」

「原來魚雷有兩枚，距離兩公里，接觸時間六十秒！」聲納室驚呼！

最後兩枚魚雷分別擊中艦首及艦尾，海狼級動力全失，電力也只剩緊急電能，差一點就浮不上水面，「上浮！上浮！」「彼得艦長」慌張下令。

「張艦長」：「上浮至露出半個艦橋，人員不要露面，用擴音器要他們留在原地。」

海狼級首次被俘。

海狼級的人員，面對不知名的敵人，只能儘量描述敵人的樣子，偷偷輸入遭難浮標，悄悄將它放出去。美國在四小時後，才接收到遭難浮標的訊息。

「張艦長」請示總部要如何處理眼前這個燙手山芋。

同一時間，「中國龍」用電子郵件對「台灣虎」說：「我們快撐不住了，為什麼你們台灣在網路上火上加油？」

「台灣虎」：「不用想也知道是美國在搞鬼，我們這邊網路上也出現很多挑撥言論。我倒要請問你，為什麼你們要我們相信攻擊台灣不是中國幹的，卻又不肯相信攻擊汕頭不是台灣幹的？難道真的要『親者痛，仇者快』？還有，增設的四套反彈道飛彈系統已經完工啟用了吧？你們還不能體會我們的誠意嗎？」

「中國龍」：「我會處理我們這邊的問題，也請你們好好控制一下。」

正在交談間，「飛魚二號」俘虜了偷襲汕頭的海狼級之事，已上傳到「台灣虎」，「台灣虎」便把此事告訴「中國龍」：「好了，已抓到真凶了，你們快派船去把凶手拉回去，是艘美國海狼級潛艦，就當是你們俘虜的，但我們要分享船上的機密，我傳海狼級的座標給你。」

「中國龍」：「謝謝，真是太好了。」

就在中國忙著接收海狼級俘虜時，美國發表一篇公告：「中國，世紀毒瘤，美國身為世界警察，現已用傳統武力將中國的核武削減百分之九十九，也將世界的核子兵器削減百分之二十，今後美國將嚴格控管，不准中國再製造核武，如有違犯，立刻制裁。今後中國必須依循美國所訂立的世界公約。」

三十六小時後，北京中央軍委會，主席說：「大家都看到了，美國實在欺人太甚，以為趁我們只剩百分之一的核武，就可恣意勒索？哼！百分之一？有我在的一天就絕無可能。現在向大家宣布，我們尚有五百多枚戰略核武對著美國，他們竟敢核攻擊汕頭、台中及台南。美國打我們三顆，我們就還他六顆，而且要光明正大地還，你們說好不好？」

軍委們全體起立鼓掌贊成。

四月十八日，中國發布一則措辭強硬的聲明：「美國自來挾帝國主義之姿，造成別國紛爭，橫加干涉，自己其實才是造成紛爭的始作俑者。只因戰爭從未在自己國土發生，固而一直在幕後坐收漁利。這次以核彈攻擊中國三個城市，中國將在三日後攻擊美國六個城市作為報復。中國是公開預告報復的，中國不會像那些鼠輩以見不得人的手段偷襲。日後再有任何國家對中國攻擊，中國必定加倍奉還。美國將會知道，從今以後戰爭將在美國自家的庭院發生。」

同日，俄羅斯欣然應允中國，共同檢視海狼級，以及共同偵訊海狼級的船員。

美國中情局早獲得中國還有五百多枚戰略核武的情資，連中國軍委會開會的內容都已掌握，卻為了私心，一心求戰而未告知參謀聯席會，這造成了後來不可收拾的局面。

四月十八日，晚上十一點整，鯨魚級一號艦依約自B5的巡弋區，浮到二十五呎的深度接收命令。命令來了，三十分鐘後，「郭艦長」下令：「巡弋飛彈準備，A1及A13，輸入目標。」

「發射倒數，一分鐘前，三十秒前，五秒前，三、二、一，發射！」

瞬間自鯨魚級潛艦一號與十三號的垂直發射管，各射出一個圓柱體，圓柱體出水後升到五十呎高度，忽聞爆聲，自圓柱體衝出飛彈，接著點燃火箭加力器，飛彈急速上升，然後一朝東南，一朝東北，一分鐘後，飛彈突然在雷達螢幕上失去踪影。「發射成功！」發射室報告。「郭艦長」下令：「下潛至九百呎，十五節，針路一〇五。」

B5區是以西經一百三十五至一百四十度，與北緯三十五至四十度所劃成的水域。兩枚自鯨魚級射出的飛彈，A1朝波特蘭發射，二百萬噸；A13朝鳳凰城發射，六十萬噸。發射二十五分鐘後，在兩個城市上空的一千五百公尺處各自爆開，波特蘭全毀，七十萬人死傷；鳳凰城也幾乎全毀，二十五萬人死傷。

全美陷入驚恐，「NORAD」無法交代彈從何來？又說曾在太平洋偵測到火光，但其規模過小，且雷達並無所獲。

一直以來，美國人以為自己所居住的地方是最安全的，現在才知道隨時會遭受到驚天動地的攻擊。與中國和談的聲浪立刻壓倒性地推向政府，並要求總統立刻下台。

美東時間四月十八日下午一點整，美國總統一號專機上，總統說：「報復方案擬定了嗎？」

國防部長回答：「我們擬定了廣州、承德兩個城市，這兩地剛好尚有為數不明的ＩＣＢＭ殘餘，可一起解決。」

總統說：「好極了，這樣也免得我們日夜擔心。記得，要用威力大一點的。」

國防部長說：「我們這次將使用義勇兵３Ｂ型，這是最新型，彈頭有干擾裝置，專為對付S-400，到時包準他們嚇一跳。」

一個小時後，自科羅拉多州發射出兩枚義勇兵３Ｂ型洲際彈道飛彈，在四十分鐘後，飛彈飛近這兩個城市的上空。承德方面，發射S-400飛彈，但攔截失敗，再發射一枚，又攔截失敗，於是來襲的二百萬噸彈頭便在承德的六百呎上空爆炸，火球瞬間著地，把方圓五千公尺的地面連同地上的古蹟一起摧毀。

廣州這邊的飛彈陣地也正緊急對應來襲的飛彈，「距離四百一十公里，發射！」「距離二百四十公里，攔截飛彈逼近目標。」「距離一百八十公里……一百六十公里……糟了，攔截失敗，再發射！」

S-400飛彈接連攔截失敗，這時廣州另一飛彈陣地：「目標距離一百七十公里……一百四十公里，STAGE-1發射！」立時，二十四枚帶著火尾巴的箭型物體呼嘯著朝上空飛去！

「距離九十公里……六十公里……命中目標！」

幸好廣州在五年前已部署了「抗ＥＭＰ反彈道飛彈系統」，它不受干擾，終於在緊要關頭救了有一百多萬人口的廣州。

中國這次真的沸騰了，一致催促當局全面性報復美國，網路上流傳要大家準備，因為即將展開一場核子大戰。

中國政府發表聲明：「美國得寸進尺，真的不知死活。自今日起，美國將遍地烽火。美國攻擊中國五個城市，中國必將毀滅十個美國城市。」

美國總統一號專機上，海軍參謀長：「根據最新的衛星照片顯示，中國的東海艦隊傾巢而出，似乎是往中太平洋而來。」

國防部長說：「如果他們是沖著夏威夷而來，那正中我們的下懷，我們有三個航母戰鬥群在那，輕而易舉就可以解決他們。」

中情局局長笑說：「哈！我們正求之不得，同時也證明他們已無力作核子反擊了，將以僅剩可以走出太平洋的軍力，飛蛾撲火、孤注一擲攻擊我們，真不明白他們的領導人腦袋在想什麼？」

國家安全顧問輕蔑地說：「那我們就好好成全中國的心願吧。」

於是美國總統立即發表演說：「我們已澈底解除了中國的核武。自今日起，美國又是一個安全的國家。至於中國，我們正在研擬進一步的懲罰。」

美國的輿論方向立刻改變，大家都在議論如何懲罰中國，絕不可輕饒中國。

四月二十日，俄羅斯發表聲明：「美國恣意使用核武，已對俄羅斯遠東地區及外蒙古造成生態環境浩劫，俄羅斯將以一顆八百萬噸核彈對準美國某城市，美國不得再妄用核子武器，否則美國將失去一座大城市。」

美國大眾對俄羅斯的聲明嗤之以鼻。

歐盟在派員檢視被俘的海狼級後，發表聲明：「這次美國以殺人嫁禍的手段攻擊中國與台灣後，又無端核攻中國兩個城市，美國的所作所為世人難以容許，歐洲議會決議，全體會員國斷絕與美國的外交關係。」

這是美國在外交上的另一次挫敗。

第二天，北朝鮮發射一枚「銀河飛彈」朝華盛頓而來，卻在二百公里上空被擊毀，這下子美國人更興奮了，高喊「懲罰北朝鮮」、「消滅中國」、「重整世界秩序」。

南韓總統在軍方將領的強大壓力下，向美國提出復交，並向美國請求協助完成統一大業。

南韓這一棵牆頭草，做出輕率的決定，日後必將此付出慘痛的代價。

在台灣，「楊中將」下令：「命巡弋一號轉移到E4區。」中原標準時間四月二十四日下午三點整，中國的「東海艦隊」已到大連東方三千八百公里處水域。

同一時間，運星號貨櫃船航行到加利福尼亞灣西方九百公里的國際水域，船上的起重機把最上兩層的貨櫃拋入海中，露出第三層的貨櫃。其中四個四十呎的HQ（High Cube）貨櫃，打開上蓋，舉起了四個飛彈發射筒，三十分鐘後，間隔一分鐘的四聲「轟、轟、轟、轟」，四枚飛彈垂直向上衝出。而運星號船上的三十五人早已搭乘小艇離開，運星號則逐漸沉入水中。

中國「東海艦隊」的前鋒處有一艘明級核子飛彈潛艦，在運星號射完飛彈的三十分鐘後（下午三點三十分），打開六個飛彈發射孔，連續射出六枚「巨浪三型」洲際彈道飛彈，然後默默潛回海中。

明級是中國在二十世紀末期的主力嚇阻武器，艦上搭載十枚「巨浪三型」洲際彈道飛彈，射程七千公里。每枚裝配一顆八十萬噸的核彈頭。明級因其噪音過大，中國打算以黃帝級取代它。現在中國有兩艘後備役明級已重新祕密服役。

運星號發射的四枚飛彈是「東風－36」中程彈道飛彈，裝有各一顆五十萬噸核彈頭，四枚中的一枚射向夏威夷，另三枚射向加州的聖地牙哥、新墨西哥州的聖塔菲、內華達州的拉斯維加斯。

明級發射的六枚「巨浪三型」洲際彈道飛彈則射向奧勒岡的沙蓮及羅斯堡、華盛頓的奧林匹亞及埃倫斯堡、愛達荷的波夕、蒙大拿的赫勒拿等六個城市。

飛彈發射後，「NORAD」響起了驚悚的警報聲：「大量飛彈發射偵知，判定為潛射飛彈！」十五分鐘後，「彈著點判明為夏威夷、聖地牙哥、拉斯維加斯、聖塔菲、沙蓮、羅斯堡、奧林匹亞、埃倫斯堡、波夕、赫勒拿。各地反彈道飛彈預備！」美國人這次嚇破膽了。

但這十枚來襲的飛彈卻都在這十個城市上空一百八十公里處自行爆炸了，這讓很多的美國人大喜若狂，只有少數人隱隱覺得不妙。望著高空的焰火，好像是死神的慶典。現在這十個城市的上空，都被電磁雲所籠罩，電磁雲的範圍在爆炸後的四個小時後達到極點。

晚上六點整，福建的武夷山麓的四基發射井，一個多月前被巡弋飛彈擊毀三座發射井，經日夜趕工整修，僅剩的第四座發射口已重新呈現發射前的狀態。上面架設著一枚可帶三個重返大氣層載具的「東風-29b」，三個彈頭每個都有兩百萬噸當量黃色炸藥的威力。

「發射！」隨著指揮官一聲令下，發射井冒出一陣火光，在火光中衝出飛彈，越來越快，直朝天際而去。它的目標是聖地牙哥、拉斯維加斯、聖塔菲。

同一時間，張掖的飛彈發射場也噴出一道火光，射出了一枚「東風－29」ＩＣＢＭ。單彈頭，兩百萬噸，目標是夏威夷。

再過十分鐘，中太平洋的中國「東海艦隊」，在艦隻重重保護下的黃帝級，打開Ａ１發射管蓋，發射一枚「巨浪五型」洲際彈道飛彈。它是六彈頭重返大氣層載具，每個彈頭兩百萬噸威力，目標是美國的沙蓮、羅斯堡、奧林匹亞、埃倫斯堡、波夕、赫勒拿等六個城市。

黃帝級發射完飛彈後，隨即連同整個「東海艦隊」一同全速返航。

此時，夏威夷的雷達預警站氣急敗壞，「ＮＯＲＡＤ通知飛彈來襲！」「糟了，全部雷達都不能探測一百五十公里以上的空域。」「先讓雷達及防空飛彈準備好，只有死馬當活馬醫了。」

來襲的彈道飛彈自一百五十公里高空，一片混沌的電磁雲中衝出時，飛彈只剩十數秒就抵達目標了，根本無從攔截。

在空中一千五百公尺處爆開的美麗雲彩，宣告了夏威夷的末日。

其它九個美國本土的城市，命運完全一樣。

在北朝鮮，「總算讓我等到了，命令下去，瞄準洛杉磯，準備好後立刻發射。」十分鐘後，一枚「銀河」洲際彈道飛彈，自平壤一棟包滿鷹架、尚未完成的建築中射出，四十五分鐘後，「銀河」帶著三十萬噸的氫彈，在洛杉磯上空發光。北朝鮮領導人總算報了一箭之仇。

洛杉磯被襲之時，由於鄰近的聖地牙哥，剛受到兩枚核彈攻擊，強大的EMP使得洛杉磯束手待斃。

一週之內，美國連續有十三個城市遭受核攻擊，死傷將近一千萬人。

美國空軍一號上，空軍部長說：「這已是我們的容忍極限了，是不是該收手了？」

總統憤怒地說：「要認輸嗎？不要忘了，我們可是世界第一強國，我們有兩萬多枚戰略核子彈頭，連俄羅斯我們都不放在眼裡了，更何況是只剩最後一口氣的中國。我們要立即全面報復，最少要摧毀中國的二十個城市。」

國防部長說：「我們可以用『三叉戟』飛彈，避免節外生枝。」

總統說：「立刻去辦。」

國防部長說：「需要兩天才能就位，我們有一艘俄亥俄級潛艦，昨天剛通過巴拿馬運河，等它進入中太平洋，那時中國的每一個城市都在『三叉戟』的攻擊範圍內。」

三叉戟D-4，美國吹噓可搭載十三個重返大氣層彈頭，事實上只有八枚，這是因為技術問題無法克服，但美國三緘其口；就像中國黃帝級的「巨浪五型」，設計書中明明寫著可載十三枚重返大氣層載具，但事實上只有六枚。

這次美國打算學中國，先射十六顆癱瘓中國十六座城市的空防，再射十六顆直接攻擊這些城市。

中原標準時間四月二十五日下午一點整，由「鯨魚一號」與「飛魚一號」所組成的「巡弋一號」，悠閒地巡弋在E4區。突然，「聲納接觸，聲音極微弱，東南十一公里，針路西北偏北，目標命名為T1，」飛魚一號的聲納室報告，「距離十公里。」艦長下令：「減速至四節。」

「距離九公里，速度二十七節，它趕著去哪裡？」

「距離八公里，目標（T1）判明為海狼級。」

飛魚一號艦長下令：「讓它先通過，全艦靜音，一號魚雷、二號魚雷備便。」

「T1自南方通過了，又有新的聲納接觸，距離十二公里，是個大傢伙，命名為T2」「距離十一公里，T2判明為俄亥俄級。」「T1西南九公里，T2南方六公里。」

飛魚一號艦長下令：「加速跟緊T2，並向『鯨魚一號』發出緊急訊號。」飛魚一號立刻向在北方的鯨魚一號，發出一個超高頻率的定向信號，那是一個要它暫停的信號。

五十五分鐘後，「T1西南偏西十三公里，T2西南七公里，T2減速上浮。」飛魚一號艦長下令：「減速」，聲納室接著報告：「T1也減速但不上浮，T2上浮至二十公尺。」

「T2上浮到二十公尺後完全停止，T2打開飛彈發射蓋，一、二、三、四，共打開四個飛彈發射蓋。」

艦長驚呼：「天啊！它想要摧毀五十二個城市嗎？」時間緊迫，已來不及請示總部了，全靠飛魚一號艦長的決斷了，「一號、二號、三號、四號魚雷備便，一號、二號魚雷目標T2」，艦長下令。

又過了兩分鐘，「天啊！T2（俄亥俄級）竟然發射飛彈了！」聲納室驚呼。沒辦法了，飛魚一號艦長下令：「打開魚雷管門，一號、二號魚雷發射！」

「T2又射出一枚飛彈！」「魚雷接觸T2時間兩分鐘！」「魚雷接觸時間一分鐘……四十秒……天啊！T2又再射出一枚飛彈！」「一號魚雷命中目標，第二號魚雷也命中目標，船體破裂聲。」艦長下令：「全速前進！」就在此時，聲納室報告：「水中有魚雷，六十八節，來自西南，是T1（海狼級）所發射。」艦長下令：「轉向東北方，全速前速，艦尾魚雷五號、魚雷六號備便。」

「魚雷距離九公里，本艦速度二十五節。」

艦長下令：「噴射推力預備，五號、六號魚雷搜索模式、反自歸向，發射！本艦進路朝東，準備進入噴射推進模式，開始！」

聲納室：「本艦速度三十一節，來襲魚雷距離六點五公里，好個海狼級，竟然在發射魚雷後急轉北逃。」「本艦速度四十五節，來襲魚雷距離五點五公里，本艦的魚雷捕捉到T1。」「本艦速度五十五節，來襲魚雷距離四點五公里。」「本艦速度六十七節，來襲魚雷距離四公里。」「本艦速度七十二節，來襲魚雷距離四點三公里，本艦魚雷距離T1兩公里，T1突然轉向東。」「本艦所發射的魚雷，即將觸發反自歸向線。」「本艦魚雷距離T1一百公尺，爆炸了！」「T1受創程度不明。」「追擊本艦的魚雷已落在六點五公里外。」「追擊本艦的魚雷已失去動力，沈入海底。」

艦長下令：「本艦噴射動力用完後，迴轉向西。」

飛魚一號西行後，艦長下令：「四十節全速前進！」艦長怕受創程度不明的海狼級往北行會碰上「鯨魚一號」。十分鐘後，艦長下令：「減速至二十五節，聲納室報告。」聲納室：「聲納接觸西北方二十九公里，是螺旋槳受損的T1（海狼級），現正以五節航向東北。」

艦長：「慢慢的靠過去，注意！它是一隻受傷的惡狼，須提防它的垂死反擊。」

聲納室：「T1距離二十三公里。」

艦長下令：「一號、二號魚雷備便！」這時，聲納室報告：「水中有魚雷，是噴射魚雷，由北方二十一公里射出，研判為鯨魚一號所發射！」「魚雷距離T1五公里。」「魚雷接觸時間三十秒。」「魚雷命中T1，T1受重創。」「T1仍以三節行駛中，現距離本艦十一公里。」

艦長下令：「一號魚雷目標T1，發射！」聲納室：「魚雷距離T1七公里。」最後，垂死爭扎的T1終於被飛魚一號的魚雷擊沉，躺到海底了。

另一方面，稍早俄亥俄級在被擊沉前所發射的三枚「三叉戟D-4」，前兩枚帶著十六個彈頭，在十六個中國城市上空二百公里高度爆炸，第三枚飛彈則攜帶了八個彈頭，直接攻擊八個上空已被空爆的城市。這八座城市分別是南京、徐州、杭州、蘇州、南昌、福州、鎮江以及寧波，其中南京、南昌、福州等三處，已於二〇一四年及二〇二〇年分別裝設了「抗EMP反彈道飛彈系統」，最後順利擊下了來襲的飛彈，但另外五個城市則毀於核攻擊。中國方面則是戒慎恐懼地等著核子彈降落在另外八座城市。

晚上十二點時，俄羅斯向美國發射一枚八百萬噸當量黃色炸藥威力的核彈，並同時發表聲明：「如果美國再濫用核武，下次核彈將會直接落在華盛頓。」

這顆來自俄羅斯的核彈，在波士頓與紐約兩地間的三百公里高空引爆，造成方圓五百公里的電子儀器失效，這使美國大為緊張，生怕中國或北朝鮮趁虛而攻。

美國這次總算猜對了，凌晨四點，中國從旅順發射了兩枚「東風-29」洲際彈道飛彈，各攜帶一顆三百萬噸級的熱核彈，在波士頓與紐約的上空一千八百公尺爆成火球，摧毀了百分之五十的人命與建築，將近六百萬人死亡，但事情還未結束。

中午十一點三十分，航行在墨西哥灣的貨櫃船追星號，就像前次的運星號一樣，推落上段的兩層貨櫃後，舉起四組飛彈發射筒，只花了六分鐘，依序發射了四枚飛彈，然後人員撤離，追星號自沉。

追星號所發射的是四枚「東風－26」中程彈道飛彈。

這四枚「東風－26」飛彈分射四處，分別是維吉尼亞的諾福克、密西西比的傑克遜、德州的達拉斯以及路易斯安那的巴頓魯治。飛彈分別在這四個城市上空二百公里處爆炸。

下午一點整，中國又從旅順發射一枚「東風－29」飛彈，攜帶一顆三百萬噸級熱核彈攻擊諾福克，同時又從五指山的發射井，發射了基地中僅剩的一枚三彈頭飛彈，攻擊傑克遜、達拉斯、巴頓魯治等三個城市，每顆彈頭各攜帶二百萬噸級熱核彈。

中國再計劃攻擊十二個美國城市，要等兩天後海軍就定位，同時也讓美國人多忍受了兩天的煎熬。

同一時間，美國人渡過了漫長又難熬的等待。

四月二十六日，人們再也忍不下去了，全美國有一千多萬人上街抗議，強烈要求停戰及總統下台。

在美國空軍一號上，總統說：「我快撐不住了，你們有什麼辦法嗎？」

空軍部長說：「我們何不把戰爭的主軸拉回傳統戰？在這方面我們有三倍於中國的實力。」

中情局局長附和地說：「是啊，而且我們已新掌握到許多中國的軍事機密。例如他們僅有的三個『東風－21Ｂ』的沿岸基地，只要開戰前派轟炸機把它除掉，我們的航母就可長驅直入了。還有，目前已知北朝鮮已無核武了，我們可以與南韓一起統一南北韓。如此既可展現我們陸軍強大的火力，必要時也可自鴨綠江攻入中國。」

新任海軍部長說：「我們可同時聯合台灣，直接攻入中國的心臟地帶，壞人就由台灣去當。另外，我們把三艘封存航母的復役工程，已經在一個月以前全部完成，如果再從大西洋第五艦隊抽調一艘核子航母，那我們在太平洋就有七艘航母，可同時攻打北朝鮮和中國。唯一美中不足的是，我們在西岸只剩西雅圖和聖巴巴拉可做補給基地。」

陸軍部長說：「陸軍已經等很久了，我們有六十多個師，都是一流的現代化部隊。哼！北朝鮮的一百二十萬與中國的二百五十萬部隊，就算是一起上，我們也不放在眼裡，該輪到陸軍表現一番了吧。」

國家安全顧問說：「那就請總統發表一篇精彩的演說吧。」

三十分鐘後，美國總統在白宮發表演說呼籲中國：「人類的文明不應因一時的政治暴衝而毀於一旦，如果中國停止使用核武，美國便不再以核武攻擊中國；反之，自這一刻起，中國若再使用核武攻擊美國或美國的盟國，我們將立即施予一千顆核彈報復，讓中國自地球上消失。今後美國將以傳統武力助南韓統一，以及再次教訓中國。要打仗，大家就光明正大地打一仗。」

北朝鮮大肆咆哮：「統一、擊滅美國！」

在中南海，主席說：「也好，大家就來一次真槍實彈的仗，我不信打不過那遠道而來、師疲兵乏的美國。」

陸軍司令員說：「他們打的如意算盤一定是從朝鮮半島進攻，再從鴨綠江攻進中國。好，既然把中國陸軍當成紙糊的，我們乾脆將決戰場搬到朝鮮半島。」

海軍司令員說：「沒錯，他們絕不敢在中國作兩棲登陸作戰，除非有台灣幫忙，但那可能嗎？」

主席說：「這點你倒不需要擔心，在面對民族大義時，我相信台灣會堅持立場。倒是南韓這個高麗牆頭草，給他一條康莊大道不走，偏要往死路裡鑽，到頭來落得亡國的下場。俄國人已向我們保證，全力支持我們及北朝鮮對抗美國。我們要趕快和平壤談有關軍事部署，一次作決定性的決戰，務必要讓美軍悔恨出生在這世界上。」

五月七日，俄羅斯宣布：「對美國、中國、北朝鮮三國間的戰爭嚴守中立，但嚴厲聲明絕不許任何國家的船艦進入日本海，否則即予擊沉。」俄羅斯將派遣由共和號為首的航母戰鬥群，加入遠東艦隊，使遠東艦隊成為俄羅斯最大的艦隊，共有四艘航艦。

歐盟決議增派四萬名和平部隊到「百合之鄉」。

美國方面，此次動員了陸戰隊第一遠征軍三個師，第二遠征軍一個師；陸軍五個裝甲師，八個步兵師，一個騎兵旅和三個加強混裝師，還有著名的第一〇一傘兵師，總共兵員五十五萬人；海軍則有七艘航艦及其它各型船艦超過一百艘，每艘都是超過六千噸。

在此同時，俄羅斯、中國、北朝鮮正加緊合作，努力在北朝鮮製造兩個有史以來最大的口袋陷阱，一海一陸，等待美軍自投羅網。

在此戰雲密布的同時，台灣第三艘飛魚級潛艦成軍服役了。

六月六日在北京，各司令員正為如何決定作戰的優先順序而吵翻天。空軍司人員說：「我們努力了幾十年才有今天，怎可孤注一擲把飛機全用上，萬一有個差池全軍覆沒，那該如何是好？何況一次要出動那麼多戰機，可不是一件容易的事，那是要動用多少人力你知道嗎？」

國防部長說：「人家都打到門口來了，如果全力作戰都打不贏，那把力量分散，也只是輸得慢一點，結局是死得更難看，那我們建軍的目的是為了什麼？養兵千日不就是為了用在一時嗎？這一仗我們唯一的優勢，是可以集中我方兵力，主動攻擊，在他們的腳步尚未站穩之前，即一鼓作氣打垮他們，只要打垮他們的海軍，就打贏這場仗了。他們就是想一場接一場，從北朝鮮一路打進中國，美國人就會計算，他們的驚人後勤能力，我們無論如何都難以望其項背。美國在二次世界大戰時，從四艘航母打到沖繩之役時，已擁有五十二艘航母了。他們的補給線有世界第一的潛艦隊護航，我們根本無法阻截。但是如果我們把美國的航艦擊沉，他們的潛艦難道能爬上岸來咬我們嗎？」

陸軍司令員說：「我打算傾我們陸軍所有，配合北朝鮮的火力，一舉擊敗在南韓的美國及南韓空軍，然後持續牽制他們的陸基飛機，到時我們海、空軍就可聯手對付美國的航艦。趁他們想登陸北朝鮮之時，一鼓作氣把他們殲滅。我們已經運了一千多枚短程地對地飛彈到北朝鮮，這個數目還在增加中，最終將超過二千五百枚，並有八百枚東風中程彈道飛彈，已部署在丹東和瀋陽。」

海軍司令員說：「只要空軍願意全力支援，我們海軍第五艘航艦廣東號這個月才成軍服役，還有黑龍江號趕工大修，現在已能跑十七節。這兩艘船我打算全部投入第一仗，你怎麼說？『老錢』（空軍司令員）。」

空軍司令員說：「既然大家有志一同，那就算上空軍一分，我不但會派出所有的戰機，還將給美軍幾百個假目標，讓他們忙翻天。」

主席說：「很好，總算大家的意見一致了。主要是我們不要因循傳統，要開拓前人未有之舉，換句話說，就是要一次讓美國人嚇破膽。」

其實美國已損失大半的潛艦，尤其是海狼級，這次在西太平洋戰損十七艘，在聖地牙哥及諾福克的核攻中又損失了五艘，全美只剩四艘可用，而這四艘需要在東岸保護俄亥俄級。所以這次美國艦隊西來的隊伍中，只有十艘洛杉磯級陪同。

第十五章　海陸空大戰

二〇二二年七月十一日，美國第二航母特遣隊出發，與位在夏威夷的第一航母特遣隊會合，此時美國也已在南韓陸續進駐大批空軍戰機。

七月十三日，美軍從南韓的烏山基地起飛了八架F-22B以及兩架B-1B，分襲旅順（四架F-22B）及昆山（四架F-22B）和廣州（兩架B-1B）等三地的「東風-21B」飛彈發射場。由於事出突然，三處的發射基地都被毀了，只有昆山基地尚存一枚飛彈，但飛彈發射計算塔及衛星航跡指揮塔都被炸毀。

美國海軍心想總算解除了心頭大患，海軍航艦可以直驅黃海而毫無阻礙了。美國這回可又錯了，中國還有「驚喜」等著他們。

中國在二〇二一年祕密新設「東風-21B」飛彈發射基地於吉林，以此防衛從日本海來的攻擊。所以中國尚有一個機動式「東風-21B」飛彈發射基地完好無缺。除了原有的八枚飛彈，還有昆山倖存的一枚飛彈，這九枚飛彈足以造成美國航母極大損失，將使美國付出慘重代價。

中國得知空襲的飛機來自南韓後，立即對南韓宣戰。

美國自此次空襲成功後，得意洋洋，大張旗鼓地進軍韓國，在烏山空軍基地堆滿剛運到的彈藥補給，跑道上則擠滿了剛飛來的飛機，到處瀰漫著一股戰爭已勝利的氛圍。

美軍與南韓軍共同計劃在海運的補給到達後，開始用空襲的手段逐一剷除北朝鮮的軍事目標。

七月十八日，美國的運輸船隊抵達釜山，航母戰鬥群則在釜山東方一千公里的海域，進行戰鬥操演。美韓聯軍預定七月二十一日早上九點整，對北朝鮮發動大規模的空襲，同時在北緯三十八度沿線的南韓砲兵，將向北朝鮮發動先制攻擊，屆時將是山搖地動、風雲變色。

在美艦隊前方是九艘洛杉磯級潛艦，其中六艘被派往東海執行清除敵方潛艦的任務。到了東海時，發覺在東海南面有十二至十四艘的基洛級，遂群起直追。眼見基洛級向西南逃竄，於是有三艘洛杉磯級想從釣魚台進入台灣海峽截堵，此時釣魚台海域正有一艘中華民國海軍的派里級巡防艦。

洛杉磯級先導艦內，「西南十二公里海面螺旋槳聲，是派里級，繼續前進，不用理它。」接下來第二艘與第三艘洛杉磯級也都偵知了派里級的存在。

「距離八公里，以我們現在的航速與航向，它很快就會發現我艦的存在了。」

先導艦艦長下令：「一號、二號魚雷備便！」

「距離六公里，它發現我們了，派里級加速朝我艦而來！」

「一號魚雷、二號魚雷，發射！」艦長急令，就在此時，洛杉磯級第二、第三號艦也同時各發射了兩枚魚雷。

此時中華民國海軍派里級巡防艦「花蓮號」艦橋：「水下接觸，東北方七公里，判定為美國洛杉磯級潛艦，速度二十五節。」「郭艦長」下令：「右滿舵，噴射魚雷備便，反潛飛彈備便，直升機起飛。」突然艦橋驚呼：「水中有魚雷！兩顆！距離六公里。」

「媽的，不吭一聲就開火，想殺人滅口嗎？」「郭艦長」心想，接著下令：「左滿舵，全速前進，立刻報告總部，本艦進入交戰狀態。」

「水中又有四顆魚雷，距離九公里與十公里。」

艦長下令：「發射噴射魚雷一號，放！再裝填，對另外兩個目標發射反潛飛彈。」

「敵方魚雷距離四公里。」

「放出對抗策！」「再放出誘餌！」「郭艦長」接連下令，「對第二、第三目標各發射一枚噴射魚雷，放！再裝填。」

六枚來襲的魚雷如一直線般緊追不捨，這時「對抗策」已經啟動。「距離一點五公里。」忽然一聲轟天巨響，又是一聲，前兩枚魚雷被「對抗策」引爆，但「對抗策」受到強力的震波影響，跳開電路。

「距離三公里及四公里。」

「距離二公里及三公里。」

「距離一點五公里及二點五公里。」

終於就在緊要關頭「對抗策」又自行啟動了。

「距離五百公尺及一千五百公尺。」

忽然又是兩聲巨響，第三、第四枚魚雷相繼爆炸了，但這次「對抗策」無論如何不能再啟動了。最後第五、第六枚魚雷，雙雙擊中了拖行在「花蓮號」艦尾後方八十公尺的誘餌，強大的爆炸威力造成艦尾損傷，船速立即降至五節。還好艦上傳來擊沉三艘洛杉磯級潛艦的好消息。

但是現在「花蓮號」受創，航速只剩五節，若再碰到敵艦，可就危險了。所以「郭艦長」一方面向總部請求支援，另一方面派直升機在艦尾十公里外的大片水域投下聲納浮標。

這一回「花蓮號」能夠逢凶化吉，其實是因為之前「飛魚二號」俘虜了海狼級後，與中國分享上面的機密，進而得到ＭＫ－52魚雷的諸元，並以此設計了新的「對抗策」，才能一舉成功地以寡敵眾。另外，派里級新裝了台灣自行研發的噴射魚雷也是此役的功臣。

二十分鐘後，援軍到了。先來的是一架Ｐ－3Ｃ反潛機及三架ＳＨ－60反潛直升機，「花蓮號」就此安全了。

另外，自東海追趕中國艦隊的三艘海狼級，緊追不捨地追到近台灣海峽的北端時，遇上五艘中國基洛級的回馬槍，最後美軍雖擊沉三艘基洛級，己方卻也被擊沉了兩艘。美軍在東海的六艘洛杉磯級，只有一艘得以回航。

美國有句諺語：「早起的鳥兒有蟲吃。」這句話被北朝鮮搶先運用了。七月二十一日早上六點整，北朝鮮與中國搶先一步動手，自中國的丹東、瀋陽、大連等地同時發射了共九百多枚中程彈道飛彈，這是射程一千二百至三千公里的東風飛彈。

接下來是北朝鮮人民等待了近七十年的一刻，共有近九千枚短程地對地飛彈射向南韓，並有三百多枚中程彈道飛彈，也往南韓南部城市射去。

美國人只懂得計算如何一次接一次地攻擊敵人，卻沒有想過敵人也可能先發制人，反而使美國一敗塗地。

其實南韓的一舉一動，都被北朝鮮的間諜所掌握，而北朝鮮需要時間準備接收從中國與俄羅斯源源不斷運來的物資，所以一直等到這一刻才先發制人，北朝鮮這次可說是傾舉國之力於一擊。

中國與北朝鮮的彈道飛彈，有六百枚集中攻擊烏山空軍基地，二百枚攻擊釜山港，另三百枚攻擊光州、大田兩處南韓空軍基地，仁川則受到一千枚短程地對地飛彈的攻擊，另有一百枚中程及七千枚短程飛彈，分擊南韓其它各地的機場。首爾則沐於世界最大量的砲火之下，那才是真正的「風雲變色」。不過，這只是開端而已。

釜山港正排隊卸貨的運輸艦，烏山及仁川空軍基地升火待發的戰機都被飛彈逮個正著。隨著飛彈的發射，中國起飛了三十六架轟－7及七十二架Su－27，北朝鮮也起飛了將近一千架的各式戰機，朝南韓殺去。

在北朝鮮的前鋒，是大約三百架米格－29支點式戰機，大部分攜有俄製高速反輻射飛彈，負責壓制地面的防空砲火，遇到地面的雷達波發射，立即以惡虎撲羊之勢飛奔而去。北朝鮮前鋒機群的後面是四百架Su－24及FSXK，負責掃平各機場的飛機與設施。

一個小時後，第二波又出動了，有五十架殲－8B、四十架殲－10及三十架強－5與二十架轟－6。

兩波攻擊過後，錯失先機的美韓已受到百分之四十五的損失，更有甚者，可以起降飛機的機場，又停有戰機的，已剩不到平日的百分之五。

美韓聯軍這次過於得意忘形，錯失先機，又沒料到中國和北朝鮮會傾舉國之力一擊，以致風雲變色三個小時後，局勢逆轉，換成北朝鮮有空中支援，而美韓聯軍則需地面部隊獨力阻擋預料中北朝鮮陸軍的攻擊。

北朝鮮的百萬大軍，並未如預期中攻向首爾，而是趁臨近首爾的三十八度線邊界尚在驚天動地的砲擊中時，繞過首爾，兵分兩路，一路從沿海直撲仁川走京畿道，另一路由東北方直取春川走江原道。

北朝鮮在九百架HIND-24戰鬥運兵直升機及八百架中國「虎二式」戰鬥運兵直升機的支援下，兩路軍隊如出柙猛虎，勢如破竹，所到之處無堅不摧、攻無不克。只兩日，便以壓倒之勢，南占仁川，北取春川。

但北朝鮮的陸軍在拿下仁川及春川後卻突然停住，不再前進，留在這兩地不知在忙些什麼，但其實他們已暗中布下陷阱。

七月二十四日，美國的艦隊已趕到釜山東南二百公里，一方面繼續向黃海前進，另一方面對仁川及春川作地面轟炸。令美國不解的是，這兩地的地面防空砲火異常猛烈，卻又無戰機攔截。美國打算第二天再派更多的地面打擊機群作更澈底的轟炸，不用太多的護航機隊。

七月二十五日，美國艦隊已進入黃海，到了仁川南面二百五十公里之處，這次美國西來的七艘航艦中，有五艘進入黃海，另兩艘則留在釜山，護衛著有十幾萬人的登陸船團。

美國艦隊持續轟炸仁川和春川，卻發現這兩地的北朝鮮機械化部隊一被炸，第二天馬上就又補上來，好像炸不完似的。幾天下來，美軍摧毀了近五千輛戰車、裝甲車及自走砲，自身則損失四十八架戰機，美軍覺得太划算了。

華盛頓時間七月三十日，白宮。總統說：「戰況如何？」

參謀聯席會主席說：「太順利了，我們本來被他們龐大的陸空突襲嚇了一大跳，還使得我們的空軍暫時在南韓失去戰力，等到我們的海軍一開始轟炸，才發現他們原來竟是如此不濟。我們只花了不到五十架戰機的代價，就除去北朝鮮全國一半的裝甲兵力。我想我們應該要打鐵趁熱，一鼓作氣直搗黃龍。我們可在南浦登陸，直取北朝鮮的心臟，就可結束朝鮮半島的戰事。」

空軍部長說：「請你們再等五、六日，空軍就可提供登陸時的掩護，這樣比較保險。」

海軍部長不屑地說：「不用了，我們是全世界最龐大的特遣艦隊，敵人只有聞風而逃，我們哪需要掩護？」

中情局局長說：「北朝鮮的空軍都不見了，可能是逃到中國或俄羅斯，朝鮮半島已無空中威脅了，仁川、春川兩地的雷達已被我們摧毀殆盡，我們在空襲他們時，只有少數的履帶式防砲及單兵防空飛彈的反擊，我看單是海軍就足以應付他們了。現在爭取時間才是最重要的事，如果拖延下去，中國一定會派陸軍前來，那時就更棘手了。在半個月前我們已研究過，南浦是最適合的登陸地點，現在北朝鮮中心部正唱著空城計，我們應該把握時機盡快登陸。」

總統說：「我已經決定了，立刻叫登陸船團往南浦開過去。天候允許的話，兩天之內要登陸。」

由於機場被毀，所以五天之內美國海軍沒有空中掩護，但海軍根本不在乎，美國海軍將為此輕率的舉動付出無法彌補的損失。

八月一日，美國的登陸船團在海軍轟炸機的掩護下，在南浦登陸，七艘航艦則在二百公里外。

同一時間，黃海，美艦尼米茲號航艦艦橋，美國第二特遣艦隊司令「馬格魯德上將」伸伸懶腰，心想：「總算登陸了，這將是忙碌的一天。」

現在美艦隊有七十二架戰機正在執行對仁川與春川的轟炸任務，另有三十二架在南浦上空執行警戒任務。看來出動「鐵錘打蚊子」，實在是意義大於實用。忽然空中預警機報告：「新義州地區起飛大批戰機，數量超過一百架，直朝登陸泊地前來。」艦隊立刻指示三十二架在南浦上空巡弋的戰機前去攔截，並派在艦隊上空執行戰鬥巡航的二十八架戰鬥機前往支援，同時派登陸艦隊起飛AV-8B以做為近層防禦之用，另外再起飛二十八架戰機接替戰鬥巡航的任務。

「就讓我們把北朝鮮的空軍一次解決。」上將想。

看著幕僚們有條不紊地下令、分派、執行任務，上將心中略感寬慰：「哼！想打『人海戰術』，真是異想天開。」

可是事態的發展往往出乎意料，而且快得令人措手不及。

「平壤北面又起飛了一百多架戰機！」

「興南也有戰機起飛，又是一百多架！」

「三地的機群分散開成數百小隊！」

預警機陸續傳來令人不安的消息。北朝鮮機群一分散，就大大增加攔截的困難度，只有加大攔截的機隊數量，以避免有太多敵機成為漏網之魚，而滲透到登陸泊地。眾所皆知，登陸中的泊地最怕被空襲。

美艦隊共派出一百八十架戰機後，上將略覺安心，但這時預警機又傳來更令人毛骨悚然的情報：「東南八百五十公里發現近百枚巡弋飛彈，以低空低速向艦隊直奔而來！」上將悚然一驚，艦隊雖然有長程防空飛彈，但對低空而來的巡弋飛彈，卻只有等它飛近三十公里之內，雷達才看得見，才能指引防空飛彈攻擊。艦隊只好再派三十六架戰機前去攔截，希望能在巡弋飛彈進入內層近迫防禦圈前阻截，可大幅減少飛彈數量。

在此緊迫時刻，又傳來預警機的緊急呼叫，聲調已不若先前平和：「中國丹東地區起飛了大批戰機！」更令人大吃一驚的是，美國本土預警中心傳來：「中國華東地區發射三十六枚彈道飛彈，落地點判定中。」

「媽呀！他們還有什麼尚未使出的招數嗎？」上將想。他實在太天真了，這些只是前菜。美國國家預警中心十二分鐘後傳來：「是『東風－21B』，目標是第二特遣隊！」上將一聽登時大罵：「回去一定要中情局好看！這些王八蛋從未給過正確的情報！」

「命令SM－3飛彈待命。」

其實來襲的飛彈並不是「東風－21B」，而是「東風－26SB」（但即使是「東風－21B」，也只是傳說而沒有人看過），每枚彈頭裝有七個次彈頭，飛彈先以慣性導航到達目標上空，開始下墜，次彈頭在二百公里的高度釋放，這時飛彈已達二十五馬赫的速度，再循自由落體的模式散開落下，到了八十公里高度時會張開尾翼；到了六十公里高度時，便開始向下方被動搜索雷達波；在四十公里高度時，已減速至六馬赫的終端速度，其搜索半徑為二十五公里，尾翼會控制彈頭的飛行路徑，直到命中目標。

三十六枚「東風－26SB」一瞬間即到達七百五十公里上空，美艦隊便在此時發射了SM－3防空飛彈，數量多達三十六枚，但當防空飛彈才射到一百八十公里上空時，「東風－26SB」已全部在二百公里上空釋放了次彈頭，總共二百五十二枚的次彈頭如雨點般落下。

衝過第二波、第三波、第四波，到最後的近迫防禦系統，二百五十二枚次彈頭有十二枚溢出目標區，有數十枚被擊落，共有一百七十幾枚擊中一百三十個目標，打瞎了一百二十五具射控、搜索雷達，也就是美艦隊本身的防空能力已被剪除了四分之一以上。

上將被此驚天巨變嚇得目瞪口呆，因為從沒有人見過這種武器，壞消息接連傳來，「中國浙江起飛大批飛機，是逆火式，將對本艦隊構成極大威脅！」「中國長春、瀋陽、旅順起飛大批飛機！」「中國艦隊自東南向我們靠近到五百公里外！」「中國江蘇也起飛大約一百多架飛機！」「中國華中地區起飛了大批飛機以超音速向著我方艦隊飛來！」上將按捺住想派飛機對中國艦隊打擊的衝動，內心悔恨未早一日把中國艦隊解決掉，現在反受其害。

「天啊！到底有多少飛機？難道真要千機圍攻？」上將不安地想。

但事情遠複雜於此，「丹東來襲的飛機繞過登陸泊地，直朝我方艦隊而來。」「北朝鮮大約有一百架避過攔截也朝我們飛來。」剛才為了派飛機已左支右絀，連艦隊僅有的六十架F－22B幾乎都用上了，現在只有靠神盾系統了。

「中國艦隊開始起飛戰機！」

「中國葫蘆島、青島、威海衛起飛了大批飛機！」

現在真的是「千機圍攻」了。

八月一日，當美軍在南浦登陸之時，在中國旅順，海空連合作戰指揮部，幕僚報告：「他們已經開始登陸了。」

空軍司令員興奮地說：「總算等到這一刻了，叫北朝鮮的飛機趕快起飛，能飛的都飛上天去！」又下令：「無人機可以起飛了，再二十分鐘再讓空軍的戰機逐批起飛。」

海軍司令員也下令：「叫艦隊全速西進！」

又過了二十分鐘，幕僚又報告：「東風－26SB已發射。」

「戰機準備起飛。」，海軍司令員下令。空軍也開始起飛戰機。

「『鋪天蓋地』行動開始！」國防部長下令。

北朝鮮的四百多架飛機立即四散開來，使美軍不知所措，只好再要求艦隊加派戰機。

又過了一會，幕僚又報告：「東風飛彈已確定成功襲擊了美國艦隊，造成大小不等的損傷。」

國防部長難掩喜悅地說：「好，我們可以開始獵殺鷹群了。」接著各司令員各自下達一連串的指令。

北朝鮮的四百多架戰機中，有一百多架是誘敵用的，根本沒有作戰能力，只是用來充數而已。但他們的任務最危險。最後被擊落了五十六架，但已成功誘開了四十八架美機，其中更有四架美機被誘入ＳＡ－８（短程防空飛彈）的連續陣地而遭擊落。

沒被誘開的美機也不見得比較幸運。北朝鮮的機隊中有一百六十架米格－29升級型，是全副空戰配備，米格－29與Ｆ－18空戰性能不相上下，所以當Ｆ－18以為可以像老鷹抓小雞一樣殺入雞群時，卻是碰上了硬爪子。九十五架米格－29升級型被擊落，卻也使得四十八架Ｆ－18魂斷朝鮮半島。

北朝鮮機隊另有全副海戰配備的ＦＳＸ一百一十架，在途中被擊落了二十八架，其餘八十二架由二十四架米格－29升級型護航，一同出海朝美艦殺去。

此時美艦隊位於仁川西南一百二十公里至二百三十公里的廣闊海域中，突然自仁川射出了四十八枚由中國人操作的「海鷹Ｘ」岸射攻船飛彈。

「海鷹」飛彈是中國舊型的飛彈，其特點是它有二千磅的彈頭，威力驚人，普通驅逐艦以下的艦種，挨上一枚都受不了而有沉沒之慮。

「海鷹Ｘ」加裝了新型增力器而延長射程，但其缺點是速度只有零點七馬赫，體積龐大又無反反制能力，以它的性能根本無法突破美國艦隊的防禦圈，北朝鮮人是黔驢技窮了嗎？

果然十分鐘後，又從仁川射出三十六枚「迅鷹」超音速反艦飛彈，「迅鷹」與「海鷹

X」將攻擊相同目標，而「迅鷹」將後發先至。

看美軍如何應付了。

這次中國出動了五架預警機，自北朝鮮的新義州到中國的琉球（自二〇二〇年對日戰爭後，中國就將琉球收回），負責指揮所有的軍事活動。在北朝鮮的飛機尚未起飛時，中國就先從琉球起飛了一百零八架ＳＣ－1高速無人偵察機，向美艦隊飛去。

ＳＣ－1是中國最新研製的噴射式無人偵察機，時速八百公里，無武裝，目前尚未裝上攝影系統，匆忙上陣服役。

再來從浙江起飛了八十架殲－8Ｂ與二十四架殲－20Ｂ，機隊出海後，迅即加速至一點一馬赫，直朝美艦隊飛奔而去，這使美軍的偵察機誤認，以為它們是中國僅有的八十架Tu－22Ｍ逆火式轟炸機。為此，美國艦隊火速派出了四十八架Ｆ－22Ｂ前去攔截，艦隊精銳幾乎傾巢而出。

其實這兩批都是「佯攻」。

時間回到稍早，當北朝鮮四百多架飛機一起飛，中國丹東的機場馬上起飛了四十八架Su－27與五十四架殲－11。當初美國人的如意算盤是等Ｆ－18消滅了北朝鮮機群之後，再去解決中國的攻擊機。中國的機隊故意不打開對空搜索雷達，只讓殲－11用對海雷達對著前方胡亂掃瞄，以誤導美機以為又碰上了「雞群」。

所以當F－18好不容易從北朝鮮的機群中脫身，有三十七架先飛來準備要解決中國的「雞群」時，卻撞正了更棘手了的Su－27。Su－27的空戰性能超越F－18，而且彈藥充足，士氣高昂，又占了數量上的優勢，這一次F－18算是踢到大鐵板。

大約同一時間，自江蘇各地起飛了四十八架Su－27及八十架殲－12，其中Su－27及殲－12有三十二架是全空戰配備，其餘的殲－12則是每架掛載兩枚AM－39E飛魚飛彈或高速反輻射飛彈。

稍後，又從中國山東起飛六十四架Su－47與六十架殲－11，Su－47為全空戰配備，殲－11則共掛載六十枚「鷹擊－5」及六十枚高速反輻射飛彈。

接著又在江西起飛了五十二架Tu－22M逆火式轟炸機（稱為「轟－7」），及二十四架Su－27。其中轟－7每架內裝四枚最新俄製「KH－36k」超音速反艦飛彈，Su－27則是全空戰配備。

再來是主菜上場了，由瀋陽軍區出動了二十四架Su－27與二十四架殲－37，護航一百二十架殲－11與八十架殲－12及八架轟－6，做為攻擊的主力。這次用的是一百二十枚「KH－36a」和二百八十枚的「鷹擊－9C」與三十二枚的「鷹擊－12」。

為了打擊美艦隊，中國這次可謂是精銳盡出，並一次耗盡了俄製的反潛飛彈。中國決定不計代價，要在黃海和美艦決一死戰，正是「拒敵於千里之外」（中國古代的一里相當於現代的五百公尺）。

美艦尼米茲號上，上將望著空蕩蕩的甲板，不敢相信只為了保護艦隊，四百多架戰機已傾巢而出，只剩下非空優戰機及保養中的飛機，及十二架F－22B，但這艦隊的王牌只剩九架可以作戰。艦隊上空也只留下十八架戰機。這一生中從未經歷過這麼大規模的攻擊，早知如此應該等待空軍準備好再開戰。那些坐辦公室的人為了搶功，急急將海軍推向不明戰場，又說像南海那種飽和攻擊，就是再大個五倍也不把它放在眼裡。現在上將正面對五十倍的南海攻擊規模，如果還有命回去，絕對有架可吵了。

其實美艦隊已經受到來自太空的攻擊，現在正準備接受一場來自陸海空的全面打擊。但上將最擔心的是另一個敵人，眾所皆知，航艦最怕的是來自水面下的潛艦，而中國是世上第三大潛艦國家，數天前剛在東海狠狠打擊洛杉磯級，現在美艦水下防禦已有缺口，中國乘勝之餘，必會有所行動。「算了，兵來將擋，水來土掩，先應付眼前的危機吧。」上將想。而中國其實並不知道美軍現在的潛艦實力已大不如前，所以中國一直投鼠忌器。

美艦隊第一個要面對的，是在北方外圍第三防區所遭遇的北朝鮮飛彈，不過幸好他們打不到航艦。

這時美艦隊前衛的驅逐艦內報告：「次音速反艦飛彈來襲，距離四十五公里，高度八十公尺，SM-2預備。」另一聲音：「且慢，超音速飛彈來襲，六十五公里，高度九十公尺，先對付它吧！」於是有三艘驅逐艦與四艘巡防艦的SM-2在四十八公里處發射了連續三輪飛彈，但目標卻在四十公里處，突然下降到超低空，以低空飛行。攔截的飛彈只擊中了兩枚目標，這時，次音速反艦飛彈也在三十二公里處轉為掠海飛行。

就在此時，傳來美軍預警機的急報：「有大約一百架飛機自仁川出海，朝第三防區飛來。」艦隊只好派在上空巡邏的F-18前去攔截。

轉眼間，飛彈即將飛入近迫防禦圈，這時又傳來入襲的飛機已經開始發射飛彈，美艦隊臨危不亂，指揮近迫武器並發射誘餌，又指揮SM-2對付新來襲的飛彈。

第一波來襲的兩批反艦飛彈，大部分被擊落，卻仍有十三枚擊中各艦，並摧毀了五座方陣快砲、兩座「海公羊」飛彈發射系統，及兩座SM-2，也造成兩艘巡防艦沉沒、兩艘巡防艦及兩艘驅逐艦陷入大火。

但他們沒有時間哀傷，因為來襲的飛機已開始發射飛彈了。

北朝鮮來襲的機群，其中二十四架米格-29升級型纏住了十八架F-18，讓其餘的八十二架FSXK可以長驅直入攻擊艦隊。FSXK共掛載二十八枚魚叉飛彈、二十六枚「鷹擊-5」超音速反艦飛彈及一百一十枚高速反輻射飛彈。

美國艦隊發現大部分來襲的飛彈，在七十公里處發射後，飛彈立即爬升到六千呎，真是好目標！內層防禦的巡洋艦與驅逐艦，瘋狂地開火了。

「高速反輻射飛彈」，顧名思義首重「高速」，所以自七十公里外發射，可以以反飛彈攔截的時間不到一分鐘，一分鐘後它就到達近迫防禦圈。所以反飛彈只攔下了二十一枚，在近迫武器拚命阻攔下（誘餌無效），仍有四十二枚擊中艦上的雷達系統，這時，五十四枚的反艦飛彈又抵達了，同時因為艦上的近迫武器大半已遭破壞，所以有三十八枚擊中船艦，造成四艘巡防艦中彈沉沒，兩艘驅逐艦受不住重創也沉沒了，另有一艘巡洋艦中彈起火，而艦隊最靠近北方的航艦布希號，也被一枚高速反輻射飛彈及一枚「鷹擊－5」擊中。

美艦隊的北方已被撕開了一道缺口。

北朝鮮傾全國空軍作出一擊，達成了預定的任務，最主要是牽制美軍超過二百五十架戰機。

不容美軍猶豫，中國的戰機又到了。這次中國戰機從美艦隊北方缺口長驅直入，自九十公里內發射了近二百枚飛彈。

再說到三十六架往西南攔截「巡弋飛彈」的F－18，在美艦隊西南五百五十公里處，順利攔截到「巡弋飛彈」，小心翼翼將飛彈一一摧毀，過程花了一小時多，等F－18飛行員們匆匆趕回美艦隊時，海戰已完全結束了。

而那四十八架攔截「逆火式轟炸機」的F－22B，一起飛即以超音速向南急飛，同時中國的Tu－22M卻放慢速度到零點七馬赫，伴飛的殲－20B自始即未開啟雷達。當F－22B飛到距美艦隊九百五十公里處時，美艦隊的預警機以距離過遠且自身要處理的敵機太多，而求F－22B獨立作戰。

當F－22B飛到距離艦隊一千一百公里處，這時目標機群在一百八十公里外，似乎已察覺F－22B的到來而全體立即轉向，最後反轉加速逃逸，F－22B見狀當然不肯放過，便加速追趕。

在此時，伴隨在轟炸機群背後的殲－20B機群，在原地盤旋上升到三萬六千呎高空，殲－20B機群並未開啟本身雷達，這一切都是由飛行在琉球上空的中國預警機所指揮，所以F－22B根本未發覺殲－20B的存在。

等到F－22B從位於高空中的殲－20B下方通過時，中國預警機就下令殲－20B由後上方對著F－22B，連續發射九十六枚「蟠龍二十八」主動雷達導引空對空飛彈，然後馬上打開敵我識別器，並啟動飛機本身的雷達。

殲－20B發射出去的飛彈，也是用鼻端的雷達向前下方四十五度角的圓錐做搜索，一有發現立刻緊跟而上，到了一定的近距離，飛彈馬上啟動自毀開關，與目標同歸於盡。

在飛彈搜索目標之時，殲－20B已用自己的雷達，開始搜尋目標，等到鎖定目標，立刻發射剩餘的四十八枚飛彈，然後轉向西逃之夭夭。

四十八架F－22B突然間受到九十六枚飛彈攻擊，手忙腳亂之際，又遭到數十具空用雷達照射，一時之間嚇得不知所措，經過一番驚心動魄的死命閃躲，被擊落了七架，但另外那四十八枚又來了，又是一番拼命躲避，結果又被擊落七架，等劫後餘生者回過神來，連忙找尋發射飛彈的飛機時，卻只發現在西方三十五公里處，有一群斷斷續續為數不明的戰機信號。遂決定兵分兩路，各十七架，一路追趕轟炸機群，另一路則追趕偷襲者。

自西逃的殲－20B機群一路朝上海直奔而去，在後面緊追的十七架F－22B正準備發射飛彈，忽然警報器大響，原來已被兩具S-400C防空飛彈鎖定，F－22B機群急忙用翻滾、爬升、下降等動作，使出渾身解數以解除危機。

兩具S-400C發射兩波共八枚飛彈，F－22B被擊落兩架，剩餘的F－22B立即降低高度至一百呎閃避飛彈，但如此一來，便無法再追擊敵機了，十五架F－22B只好脫離戰場。

當中國的轟炸機群靠近釣魚台北方兩百公里時，台灣立刻派正在巡邏的兩架F－16前去攔截，並緊急起飛十六架F－16及四架「匿踪戰機」趕去支援。

五分鐘後，冒充Tu－22M逆火式轟炸機的中國殲－8B機群的駕駛，耳機響起從國際頻道傳來的聲音：「不明國籍飛機請注意，你們即將進入中華民國的領空，請立刻離開，請立刻離開！」

中國飛機：「台灣弟兄們，我們是無武裝飛機，現在正遭人追趕，請準予無害通過。」

F－16經過請示後回覆：「中國飛機，請急速右轉通過，直往西行，祝好運。」

過了兩分多鐘，國際頻道又響起：「不明國籍飛機請注意，你們即將進入中華民國領空，請立刻離開，請立刻離開！」

美國飛機回答：「台灣的飛機請注意，這是美國空軍在執行作戰任務，我們將要發射飛彈，請速讓開，免遭誤傷。」

F－16：「不准發射飛彈，重覆，不准發射飛彈！」

F－22B長機對僚機下令：「把領前的兩架F－16打下來。」

僚機加速向前並用雷達瞄準帶頭的兩架F－16，發射了兩枚「FB－1」先進長程空對空飛彈。

中華民國預警機：「注意，美機已發射兩枚飛彈，距離九十公里，戰鷹準備做迴避動作，黃雀請攔截。」

兩架F－16拚命閃躲，仍有一架被擊落，激起了中華民國空軍同仇敵慨之心，四架黃雀（匿踪戰機）趨前向F－22B迎面飛去。

黃雀小隊與美軍機隊的兩架前鋒迅速接近，中華民國預警機：「最近兩架敵機距離四十公里，黃雀一號對付一點鐘方向那架，黃雀二號對付十一點鐘方向那架。」

「距離二十公里，發射！」十三秒鐘之後，擊落了兩架F－22B。

預警機：「又來了十五隻惡鳥，黃雀三號、四號幹掉領頭的兩隻，其餘的我叫龍十六解決。」

戰鷹插入：「請算我一份。」

預警機：「好，龍十六，美機群已到六十五公里外，請會同戰鷹一起攻擊。」瞬時十七架F－16立即向前機飛去。

美機前兩架莫名所以地被擊落，大家正膽顫心驚地追尋元凶時，一轉眼又是兩架被擊落，這一來簡直魂飛魄散，再也顧不及自六十五公里外接近中的F－16，大家只怕相同的惡運會降臨在自己身上，各自拚命作出連續閃躲動作。

很快地F－16機群已到五十五公里處，一聲令下，每架連續發射兩枚，共三十四枚AMRAAM朝F－22B射去。

十三架F－22B死命掙扎閃避期間，又收到警告有十多具空用雷達正在掃瞄鎖定他們，只好繼續再作閃躲的動作。

不到兩分鐘，當F－22B們發現什麼都未近身時，卻又驚覺AMRAAM已到二十公里處，已暈頭轉向的F－22B機群駕駛們，只好又使出迴飛、逆轉、上升、下降等閃避動作。

等事情結束後，清點殘餘，來襲的三十四枚AMRAAM共擊落五架，只剩寥寥八架。劫後餘生的F－22B真的嚇破膽了，全數急向北方逃竄。回程遇上了另外十五架潰逃的同伴，一路語無倫次地互相傾訴自己的不幸遭遇，他們決定「回家」了。有一點值得安慰的是，他們也算是阻攔了一次敵人對艦隊的攻擊。

另一方面，從江蘇起飛的中國戰機，在距離美艦隊二百公里處，「迎接」他們的是六十四架F－18。但是這六十四架F－18迅即被中國的四十八架Su－27及三十二架殲－12纏住，讓其餘的四十八架殲－12可以直奔美國艦隊而去。

此時殺向美艦隊的四十八架殲－12，到達距離美艦隊九十公里處時，改以超低空飛行，避開雷達鎖定，到了六十五公里處，一齊上升以獲得目標，然後下降發射飛彈，之後機群再迴轉回來，包圍那六十四架F－18。

另外，從山東起飛的Su－47與殲－11，在距離美艦隊一百五十公里處，碰上了四十八架前來攔截的F－18，F－18這次可說是碰上了硬手中的硬手。Su－47是現今俄羅斯最頂尖的戰鬥機，其空戰性能絕對超越F－18，剩下的就看雙方飛行員的技術了。

Su－47輕易的將F－18壓制住，好讓殲－11可以直驅美艦隊，輕易地飛到距離六十公里處，射出六十枚「鷹擊－5」及六十枚「高速反輻射飛彈」，然後返航。

江西起飛的機隊則是碰上美軍最後的二十四架F－18，但在遇到F－18之前，這五十四架轟－7已在二百公里處，向美艦隊發射了二百一十六枚KH－36k超音速反艦飛彈（號稱「航艦殺手」），發射完後立即開後燃器，以一點八馬赫回航，只有兩架轟－7逃避不及而被擊落，留下Su－27與F－18對決。

瀋陽軍區的飛機一路無阻地飛到美艦隊一百公里的近前，對著艦隊一股腦射光所有的飛彈。

沒有被攔截的不只一隊機群，中國海軍艦隊在美國艦隊東方五百公里處發動攻擊。中國航艦上共起飛四十八架Su－35K與六十四架殲－15，帶了九十六枚KH－36a及一百二十八枚「鷹擊－9X」。機隊飛到一百二十公里的距離，將二百二十四枚飛彈砸向美艦隊，一路上毫無阻攔。

同一時間，中國海軍十二艘基洛級潛艦，自美艦隊東南一百公里處，發射四十八枚潛射飛彈，之後它們就與中國艦隊另八艘基洛級會合，準備獵殺美國潛艦。

在美艦尼米茲號，上將嘆一口氣，內心百感交集。就在兩個多小時前，美軍才意氣風發地在別人的土地登陸，如今全軍卻需為自己的生存而戰。世界第一大艦隊？或許就是第一大，所以再也找不到有用的救援方法。北方第三防區已被突破，現正遭受第三波攻擊，而第一、第二防區也即陷入敵人的飽和攻擊。艦隊上所有的戰機都派出去了，四百多架！如此龐大的數量，現在卻顯得渺小與不足。唉！還是面對現實全力應戰吧！

在第三防區，中國的戰機低空突入一百公里的防禦圈內，忽然爬升，在八十公里的距離匆匆射出所有的「鷹擊－5」反艦飛彈。這時因為九架F－22B已臨，所有的殲－11都急忙往回逃，F－22B如狼入羊群大肆撕咬，直追到新義州，共擊落二十三架殲－11。殲－11所發射的飛彈，共有四十九枚擊中美艦隊的船隻，使得美艦隊蒙受重大損失。這一次攻擊又擊沉了兩艘巡防艦、兩艘護衛艦、一艘驅逐艦，並使另一艘巡洋艦與一艘驅逐艦陷入大火。還有四枚飛彈擊中了布希號航艦，導致甲板起火燃燒。

第二防區首先遭遇的是殲－12的攻擊。四十八枚高速反輻射飛彈與四十八枚AMRAAM反艦飛彈，同時於六十五公里處向美艦隊射來，其中二十六枚高速反輻射飛彈先擊中艦隻，一分多鐘後，有三十二枚AM－39E以掠波高度擊中了十三艘船隻，包括擊中航母雷根號的兩枚，但在電光石火間，由五十四架「逆火式轟炸機」所發射的飛彈相繼到來，二百一十六枚低空風擎電馳而至，尾端拉起二百一十六條水柱，艦上本已部分受創的近迫武器拼命阻攔，仍有一百零七枚擊中各艦。航艦雷根號中了三彈，航艦小鷹號中了六枚，艦上大火難以撲滅，甲板已無法起降飛機，巡洋艦藍領號被擊沉、驅逐艦被擊沉三艘，巡防艦、護衛艦被擊沉八艘，其它大小艦隻有十四艘中彈起火。

最慘的是第一防區，迎面而來的第一波攻勢是六十枚高速反輻射飛彈與六十枚「鷹擊－5」反艦飛彈。

第二波是由中國艦隊飛機所發射的九十六枚KH－36a與一百二十枚「鷹擊－9X」。

第三波是由潛艦射出的四十八枚飛彈。

第四波是「主菜」，由攻擊司令部所在地瀋陽軍區飛來的龐大機群。由於美艦已派出所有戰機，這一場變成飛機對航艦的決戰。

在攻擊司令部的縝密計劃下，四波攻擊共七百多枚飛彈，在二十分鐘內同時攻到美艦隊，以求達到飽和攻擊的效果。

天下第一的「盾」仍擋不住七百多枚飛彈的飽和攻擊，有三百多枚飛彈衝入艦內大肆蹂躪。

航艦尼米茲號算是受創最輕的，只中了三枚飛彈，飛行甲板還勉強可以操作，企業號也算幸運，被擊中了五枚，航速剩十六節，甲板勉強可以起降，詹森號被擊中了八枚飛彈，甲板大火、動力全失，最慘的是航艦約翰甘迺迪號，不幸被擊中十一顆，船身傾斜逐漸沉沒中。巡洋艦有兩艘沉沒、三艘中彈起火，其它驅逐艦、巡防艦、護衛艦大半被擊沉。

上將只好下令三個防區的艦隻靠攏，互相照應，並準備回收戰機，目前只剩尼米茲號、雷根號、布希號、企業號可以起降。

一個多小時後，戰機陸續返回，共有F－22B三十二架、F－18一百三十八架、A－6三十八架、E－2C五架。上將不禁淚下，可是現實不容他傷感。「預警中心報告中國吉林發射九枚彈道飛彈。」戰情室傳來令人毛骨悚然的報告。

「天啊！他們還有什麼花招？」上將不安地想。

戰情室又報告：「是東風－21D，目標是本艦隊！」

「備戰！」全艦隊目前只剩一套SM－3還在運作，另外登陸艦隊中也有一套完整無缺可以使用。至於另外殘餘的八組SM－2和十六具「海公羊」飛彈及二十三套近迫防砲，則派不上用場。

「東風－21D」是中國為反制美國的航空母艦，特地設計這種稱為「航母殺手」的彈道飛彈，它改自「東風－21」中程彈道飛彈，將核子彈頭換成一個裝有「多孔徑相位陣列歸向器」的鎢合金動能彈頭，配合衛星所提供的目標即時影像，即成「東風－21D」。

飛彈發射後，強力的火箭把飛彈送入太空，火箭分離後，彈頭送到衛星所指定的地點，然後彈頭開始俯衝，進入同溫層後彈頭即打開歸向器，歸向器尋獲目標後，指揮彈尾的小方向舵，使彈頭的航跡與目標成一直線，此時彈頭的速度為二十六至二十八馬赫，以彈頭的動能即可無堅不摧。

「東風－21D」彈頭以二十八馬赫的速度到達，兩組SM-3共發射了四枚飛彈，在二百九十公里上空擊毀了一枚，剩餘八枚有一枚未命中，餘下的七枚分別擊中了三艘核子航母：雷根號中兩枚，一枚在艦首，另一枚在飛行甲板中央，頓時全艦起火，失去動力；布希號中兩枚，一在飛行甲板中央，一在艦尾，瞬時將艦尾整個削去，航艦立即下沉；尼米茲號身中三彈，兩枚擊中了飛行甲板，一枚斜劃過艦橋根部，將整個艦橋擊飛消滅，並殺死艦橋上的所有人，航艦則飄流在海上，奄奄一息。

在同一時間，美艦隊東南一百八十公里水下，正準備上演一潛艦殲滅戰。

這次隨美艦隊西來的十艘洛杉磯級潛艦，有五艘已在東海被擊沉，餘下五艘在美艦隊東南一百八十公里集結，以阻絕中國艦隊的潛艦。

中國二十艘基洛級潛艦，在三艘勇壯級驅逐艦及八艘江滬級巡防艦的支援下，浩浩蕩蕩向美潛艦群逼過來。二十分鐘前，中國艦隊剛以兩艘巡防艦及一艘驅逐艦的代價，換得一艘洛杉磯級葬身海底。

面對中國潛艦隊的步步逼近，美潛艦只好以僅有的四艘洛杉磯級正面應對，因為再退的話，美軍艦隊就再也沒有反潛屏障了。

結果美軍寡不敵眾，雖然最後擊沉了兩艘巡防艦與九艘基洛級潛艦，卻換來僅有的四艘潛艦差點全軍覆沒，只剩下一艘倖存逃跑。

至此，美軍艦隊已經沒了水下屏障。

目前，美艦隊所剩的航空兵力有企業號上的四十九架F-18、十二架A-6、一架E-2C；在登陸泊地的陸戰隊好人理查號航空母艦與三艘胡蜂級登陸艦，及兩艘珊瑚海級兩棲登陸艦所載的AV-8B獵兔犬式（俗稱「海獵鷹」）垂直起降戰鬥機[7]，共七十八架。

在韓國的美國空軍則只能提供有限的空中支援，因為美軍還要防範來自北朝鮮的空襲。但是「湯瑪士少將」（企業號艦長）堅決一定要立刻對中國艦隊做一次空中打擊，因為中國艦隊是近在咫尺的威脅，它不但有空中部隊，而且目前位於美艦隊東南僅四百五十公里，已到艦射飛彈射程的邊緣。

八月四日清晨，好人理查號已與美艦隊會合，艦隊派出一支打擊部隊，包括十二架A-6，各攜帶兩枚「高速反輻射飛彈」與各一枚「魚叉飛彈」；三十六架F-18，每架各攜帶兩枚「魚叉二」飛彈、兩枚AMRAAM和兩枚ASRAAM；以及從好人理查號起飛的三十架AV-8B，各攜帶一枚「魚叉二」飛彈與兩枚ASRAAM飛彈。這已經是艦隊所能擠出的最大戰力。

美軍的打擊部隊以超低空掠海而來，其時中國艦隊正沉浸於勝利的氛圍當中，艦隊上空只有六架戰鬥巡航的戰機。來襲的美機直到六十公里處才被發現，而向艦隊發出警報，但是這時美機已開始向中國艦隊射出飛彈。

急忙前來攔截的中國飛機是兩架Su－35K及四架殲－15。兩架Su－35K看到一群獵兔犬戰機發射完飛彈後，正要轉身離去時，Su－35K的長機馬上見獵心喜，以無線電通知僚機：「近距離盡量不要浪費寶貴的飛彈，等我們用機砲射下幾隻兔子再說。」於是他們各自選了最近的目標追過去。

獵兔犬戰機極速只有零點九馬赫，遇上極速可達三點二馬赫的Su－35K，連逃都不用逃（如果想逃的話），Su－35K長機對著一架獵兔犬，好整以暇地瞄準，跟著扣下板機。

而獵兔犬駕駛當他看到那架Su－35K躡手躡腳地跟上來時，就已在準備，看到對方準備開砲，立即雙腳一踹踏板並用手猛拉操縱桿。

Su－35K長機看著眼前這一幕，幾乎不敢相信自己的眼睛，獵兔犬突然在原處靜止，而不在它應在的行進位置，使得打出去的砲彈全落在獵兔犬的前方。更令人驚異的是，目標竟像跳蚤一般地向上一跳，這一來Su－35K長機立刻衝過頭，獵兔犬變成在Su－35K的後方，在Su－35K長機駕駛尚未搞清楚狀況時，獵兔犬已從後方賞了他一枚

ASRAAM，Su－35K長機被炸成一團火球，而另一架Su－35K更慘，獵兔犬跳到它的後方時，順勢用機砲把它擊落，「媽的，機砲！」被擊落的駕駛在死亡之時憤怒地想。

另外，除了一架A－6來不及發射飛彈就被擊落之外，所有的美機都成功發射飛彈。回程時有兩架F－18與四架殲－15同遭對方擊落。

美機射向中國船艦的是二十二枚高速反輻射飛彈與一百四十三枚「魚叉二」飛彈。其中十八枚高速反輻射飛彈先穿透防禦網，擊毀中國艦隊中的十五具雷達，而一百四十三枚「魚叉二」飛彈則有一百二十九枚射入這個豐富的魚場，恣意地飛禽大咬，襲擊過後，留下滿目瘡痍。

航艦河南號受創最重，身中十一枚「魚叉二」飛彈及一枚「高速反輻射飛彈」，甲板全面大火，艦身搖搖欲沉，全艦已失去戰力；遼寧號也中兩枚「魚叉二」飛彈及一枚高速反輻射飛彈，暫時無法起降飛機；山東號則中了六枚「魚叉二」飛彈；廣東號及黑龍江號各受到大小不等的損傷。四艘煙台級巡洋艦中有一艘沉沒、三艘中彈起火，其餘大小船隻約有三分之一沉沒。

中國艦隊被勝利沖昏頭，沒料到會被心目中已垂死的惡獸反噬，以致遭受難以承受的重大損傷，整個艦隊已成癱瘓狀態。

「屋漏偏逢連夜雨」，那一艘逃走的美國洛杉磯級潛艦，趁此機會摸近中國艦隊，朝著黑龍江號與廣東號射出僅剩的九枚魚雷，九枚全部命中，黑龍江號與廣東號帶隨艦上的飛機一起沉入黃海之中。

洛杉磯級趁隙逃走，留下的是聞潛色變、人心惶惶的中國艦隊，其實中國艦隊並不知道，美國在西太平洋已無水下兵力了。

為免艦隊再遭攻擊，中國艦隊指揮官下令艦隊退往琉球海域。

「航艦」，自二次世界大戰以來，一直是美國國力的象徵，美國也一直持續投入大量的經費建造，越建越大，至今一艘航艦已超過十萬噸。一艘航艦連同艦上裝備造價超過一百億美元。美國一直維持保有十三艘核子動力航空母艦，而世上也僅有美國擁有核子航空母艦，原因是二十世紀時，沒有其它國家有經費建造。到了二十一世紀，航空母艦已失去優勢，各國已無興趣，只有美國還沉醉在自己的航艦夢。

航空母艦的優勢本來有二，其一是行動迅速，行蹤難以捉摸。其二是可以機動投射大量的火力，無遠弗屆。但在衛星普及的今日，第一項優勢已不復存在。相反地，航艦已成為一座海上的活靶。自一九七〇年代起，各種距外攻擊武器相繼面世，到了二十一世紀，其射程已超過航艦的火力投射範圍，所以航艦不過是送到敵人面前的超大靶船。至於第二項，只能用來嚇唬那些小國，美國航艦從未與大國交戰，在對日戰爭後又未能記取全軍覆沒的教訓，又再次以航艦群入侵中、朝，注定了「矛」、「盾」之勢逆轉的潰亡命運。

八月五日，中國作戰會議，「他媽的，真倒楣，垂死的毒蛇竟會跳上來反咬一口，現在我們的艦隊只剩一艘航母尚能操作。『老錢』，你要幫我們報仇！」海軍司令員氣憤地說。

空軍「錢司令」說：「你們就是太大意了，為今之計就是再組織一支打擊部隊，一次掃除他們的殘餘海軍。」

海軍何司令說：「算我們海軍一份，我們除了還有一艘航母可以作戰之外，尚有一艘巡洋艦、四艘驅逐艦、七艘巡防艦、八艘基洛級潛艦，我賭他們現在已沒有潛艦了。」

陸軍司令員說：「美軍在南浦已登陸了近十萬人，我們應該優先攻擊登陸船團，到時可輕易把十萬人變成人質。」

國防部長說：「那就雙管齊下，我去連絡北朝鮮，再來一場海空殲滅戰！」

行動就這麼決定了。

八月六日，上午十一點整，聯合作戰行動開始了，北朝鮮出動一百二十架米格－29升級型，一百二十架Su－24，八十架ＦＳＸＫ，二十架Tu－16獾式轟炸機，三艘巡防艦，九艘羅密歐級潛艦、十八艘巫毒二級飛彈快艇。中國方面則有一艘航艦、一艘巡洋艦、三艘驅逐艦、七艘巡防艦、七艘基洛級潛艦，另有七十二架Su－27、八十架殲－12、一百二十架殲－11、五十架Tu－22M逆火式轟炸機。

其實南韓所有軍事行動與部署，都被北朝鮮所掌握，因為南韓軍方高層早已被北朝鮮的間諜滲透。所以北朝鮮得知南韓光州、烏山兩地的軍用機場已修復到可作百分之五十的起降作業。當北朝鮮欲對美艦隊發動攻擊時，這兩處基地將會對美艦隊提供空中支援，所以這兩地是北朝鮮先要除去的目標。

時間一到，從丹東起飛十八架Su－27護航五十架Tu－22M逆火式轟炸機直朝烏山而去，同時中國從新義州發射了一百二十枚射程九百公里的東風飛彈，目標也是烏山，北朝鮮也起飛了第一批戰機，從平壤、仁川發射了兩百枚短程飛彈，射向光州。

十分鐘後，北朝鮮的第二波攻擊機群出發了，三十六架米格－29升級型和六十架FSXK，帶著僅存的十八枚高速反輻射飛彈與三十二枚魚叉飛彈，還有七十枚中國製的「鷹擊－2」紅外線反艦飛彈（中國花了近一年的時間才讓FSXK與「鷹擊－2」相容）。機群直朝登陸泊地殺去，北朝鮮的海軍特遣隊也往南浦外海開去。

另一方面，中國從山東起飛了四十八架Su－27、八十架殲－12、一百二十架殲－11，殺氣騰騰地直朝美艦隊直撲而去。

這次除了Su－27是全空戰配備之外，殲－12及殲－11攜帶了中國僅剩的十二枚

AM－39E與四十八枚高速反輻射飛彈，及中國自製的二百六十枚「鷹擊－5X」反艦飛彈，與八十枚C-801。中國特遣艦隊也到了美艦隊南方四百公里海域，基洛級更已摸到美艦隊八十公里處。

在企業號艦橋上，中將正忙著收集各艦的災損報告，艦隊的狀況真是悽慘萬分，收拾殘局是眼前最迫切的工作。好消息是南韓境內的美國空軍已可提供空中支援，而且從本土飛來的二十四架F－18與十八架有垂直起降功能的F－35即將到達，以補充戰損。其實現在最有幫助的機種是AV－8B，因為它可以在受損的甲板起降，只可惜美國此次西來已法寶盡出，七十八架是全部的所有。AV－8B已在美軍服役三十六年。

但在中將心中有更重要的事要優先處理，美國衛星剛傳來最新的照片，有十二艘中國船艦正以二十節高速向美艦隊衝來，現已到南方三百公里處，這一個問題若不立刻解決，將對艦隊構成重大的威脅。但另一方面，中將知道不能再中敵人的調虎離山之計，尤其在戰機極為不足的當下，所以他決定派僅存的十二架A－6以超低空偷襲。

於是十二架A－6各掛載兩枚「魚叉二」飛彈起飛了，就在此時，美艦隊傳來北朝鮮攻擊南韓的消息。

美國人忘了中國有預警機，有預警機的場合，飛機是無法偷襲的，所以當A－6一起飛，中國的預警機立即命一直緊跟在巡洋艦後方八十公里的航母遼寧號，派出已升火待發的十二架Su－35 K。

中國戰機飛到距美艦隊二百九十公里處，離A－6尚有四十公里，Su－35 K對著A－6發射十二枚「白楊三」長程空對空飛彈，這時A－6已從美艦隊得知自己即將受到攻擊，但A－6還是決定繼續完成任務。

第一波十二枚「白楊三」飛彈擊落了七架A－6，Su－35 K迅即再發射第二波飛彈，在第二波飛彈到達前，A－6已發射了七枚「魚叉二」飛彈，之後A－6全被擊落，屍骨無存。

A－6所發射的七枚「魚叉二」飛彈被擊毀五枚，只有兩枚同時擊中巡洋艦，造成巡洋艦大火，但仍在行駛中。這就是美軍以十二架A－6換得的結果。

就在此時，「新義州發射大量飛彈！」美國的預警機連續傳來，「平壤、仁川也有大量飛彈發射，目標南韓。」「中國丹東起飛大批戰機，以超音速南下，北朝鮮各地也起飛大量戰機。」中將一聽，心想：「他們又想幹什麼？」反正自己也無力幫忙空軍。

美軍預警機接著又傳來令人不安的報告：「北朝鮮又起飛大量戰機，中國山東也起飛大批飛機！」

「來了！這是一場生死決戰！」中將想，隨即下令艦隊所有的攔截機起飛準備應戰。

在中將心中早知應是「回家」的時候了，這一場仗已輸了，但華府的那一批政客堅持要打下去，其實最重要的是，實務上的「撤退」遠比想像中困難得多，拖著一群傷兵殘艦，連五節的速度都達不到，不到半路就會被中國那群鱷魚啃得什麼都不剩。另外，在陸地上尚有十多萬名弟兄也來不及撤退，好不容易跟華府商議妥當，有了空軍的支援，以及新銳的戰機即將到來，中國、北朝鮮卻在此時發動攻擊，敲碎了中將在心中剛萌芽的美夢。

在另一個戰場，南韓發生的事一如所料，中國攻擊烏山基地。先是飛彈攻擊，Tu－22M自遠處發射對地飛彈，南韓自各地起飛少量F－15攔截，烏山的美軍也以正在空中巡弋的F－15攔截，北朝鮮則空襲光州。南韓出動大批戰機攔截，除了短程飛彈之外，北朝鮮的攻擊機也一窩蜂地在光州投下炸彈。美軍、南韓、中國、北朝鮮各有損傷，這並非一場決定性的戰役，但美軍的戰機已被牽制住了。

接下來主戲上場了。另一批攻擊登陸船團的戰機，在距南浦八十公里處遇上美軍的獵兔犬，米格－29升級型立即迎上前去，負責攻擊船團的FSXK則利用速度上的優勢避開獵兔犬，直朝登陸船團殺去。

獵兔犬戰機還有一項先天的缺點，就是作戰半徑太短，尤其在沒有滑跳甲板的艦上做垂直起降時，作戰半徑更縮到只有一百公里，而且不能搭載重型武器。所以第一個照面就在二十公里距離受到米格－29升級型的一輪中程空對空飛彈攻擊，且無還手之力。等到兩群戰機拉近到十公里的距離前，獵兔犬用本身敏捷的特性閃躲，但四十八架之中仍被擊落了十一架，再來就是一場空中捉對廝殺。

米格－29升級型以幾乎完美的氣動外型和獨有的雷射瞄準器，在戰機界獨樹一格；AV－8B則是以獨特的空中運動，配合美軍飛行員精湛的飛行技術。

一場空中對決下來，米格－29升級型被擊落三十八架，AV－8B則被擊落十二架。

但當AV－8B折返登陸船團時，卻只見一片狼籍。

FSXK趁米格－29升級型纏住AV－8B時，直奔登陸船團，雖然FSXK在發射飛彈之前，就被船團的防空飛彈擊落兩架，但其餘的FSXK都順利把飛彈丟向船團。之後船團的各船艦就開始為各自的生存而奮戰。

就在此時，從西方海面又射來四十八枚「冥河二」反艦飛彈。

十分鐘後，當剩餘的二十五架AV－8B回到登陸船團時，才知道自己已無船可回，只好降落在登陸地。船團只見處處黑煙，有的船已沉沒，沒沉沒的大部分都冒著熊熊烈火，還不時傳來爆炸聲，登陸船團已幾近全滅。

又過了四小時，登陸船團中忽然傳出十數聲更大的爆炸聲，原來是九艘羅密歐級潛艦闖入登陸船團，正用魚雷大肆地為登陸船團送終。

中國這邊，機群尚未到發射地點，即在離美艦隊一百八十公里處，遇到四十六架

F－18。殲－12、殲－11迅即繞路而行，F－18想追擊，卻被Su－27纏住。殲－12、殲－11飛到距美國艦隊八十公里處，碰上了三十架AV－8B，登時AV－8B如入羊群般瘋狂咬殺，殲－12、殲－11因身掛重型飛彈，本就行動遲緩，再加上AV－8B的優異空中近戰性能，殲－12、殲－11在發射反艦飛彈前就被擊落二十三架，餘下的殲－12、殲－11在千鈞一髮之際發射完反艦飛彈後又被擊落三架，之後中國戰機立即加速脫離戰場。

同時，在美艦隊南方二百五十公里處海面，又自中國艦隊射來六十多枚飛彈。第一波共有三百五十多枚反艦飛彈，由殲－12、殲－11所射出，射入美艦隊的防禦圈，艦隊以有限的方式拼命抵禦，仍有兩百多枚飛彈射入各艦；到了第二波，由海面的中國艦隊射來六十多枚反艦飛彈時，美艦隊已只能攔下十枚，兩波攻擊總共有三百多枚飛彈攻入船艦，攻擊過後，美艦隊已幾乎沒有目標可被攻擊了。

五個小時過後，七艘基洛級潛艦進場，扮演海中的清道夫——鯊魚。企業號、好人理查號、詹森號、小鷹號、尼米茲號都被魚雷擊中葬身海底。美艦隊中只剩十多艘未沉的艦艇，拖著蹣跚的身影，在海面上搜救各艦的倖存者。最後這十多艘艦艇滿載虎口餘生者，緩緩朝釜山港而去。

中國並未再追殺他們，中國與北朝鮮現在要處理的是南浦那十幾萬美軍。

美東時間八月六日早晨，華盛頓，美國總統氣憤地說：「天啊！怎麼會有這樣的事？一整個艦隊就這樣全軍覆沒。」

空軍部長說：「當初要你們等空軍到來再一起行動，你們不聽，先是行動不夠快，導致機場被炸，再來是太冒進，不等待一起行動，才會落得今日這般不可收拾的困境。」

海軍部長說：「上一任部長常說：『沒有情報好過情報錯誤』，中情局一直給大家錯誤的情報，兩年來使我們的海軍失去百分之八十五的戰力。今天要請中情局局長好好交代一番。」

國家安全顧問說：「現在再吵這些又有什麼意義呢？當下最重要的是如何繼續下去？」

海軍部長沮喪地說：「還要繼續下去？我建議總統只有找人去和中國和北朝鮮談一談，看要如何收拾殘局，畢竟我們在南浦還遺下十幾萬士兵。」

國家安全顧問高聲反駁：「要投降嗎？門都沒有，事到如今我們已死傷一千多萬人了，如果投降的話，把我們幾個人都釘上十字架也不夠。想想別的辦法吧！」

中情局局長不屑地說：「投降？哼！我們是世界第一強國，永遠不可能投降，所有的戰爭最後都需要陸軍驗證，我們的陸軍難道已經認輸了？」

陸軍部長說：「當然不是，我們陸軍從沒有攻不破的城堡，只要給我足夠的後勤，我保證一路從朝鮮半島打進中國。南浦那十多萬名士兵正如插在北朝鮮心臟的一把利刃，現在北朝鮮的精銳部隊都在仁川、春川及三十八度線一帶，而且他們的裝甲部隊與空軍已被我們摧毀大半，我們只要聯合南韓軍發動全面攻擊，再配合空軍，不出三十天，一定能打到鴨綠江邊，到時候恐怕是中國要來和我們談了。」

美國總統笑顏逐開地說：「從剛剛說到現在，只有陸軍部長的話最有建設性，你們海軍能保證運輸船團的順暢嗎？還有空軍，你們能一起協同作戰嗎？」

海軍部長說：「中國沒有遠洋海上突襲能力，而我們可調集十二艘維吉尼亞級潛艦隨行護航。」

空軍部長也說：「現在正在搶修南韓的空軍機場，在修好之前，可先派八十架F－35垂直起降戰機進駐，協助在南浦的部隊取得制空權。等機場修好後，可派一千架以上的戰機進去。」

國家安全顧問說：「是啦！我們有世界最強大的陸軍，搭配世界最精銳的空軍，天下間還有什麼打不下的。就這麼辦。」

總統說：「就這麼決定了。」

但是這些政客們忘了在資訊發達的今日，美國人民已幾乎同一時間，知道了航艦已潰亡的消息，也曉得尚有十多萬士兵孤立無援地被丟在北朝鮮，所以在美國民間已經有事情在醞釀了。

同一時間，在北朝鮮新義州「援朝軍司令部」，中國來的「張將軍」說：「前線的弟兄們都就位了嗎？」

幕僚答：「十二萬五千人已在南浦北方十五公里處就定位了。東面則有北朝鮮第十七軍十三萬五千人，南面有他們的『鐵衛師團』十六萬人，西方海域有十六艘『火力支援艦』。時間一到，就一起把在南浦的美國人轟個稀巴爛。」

「張將軍」說：「好，連絡北朝鮮，早上七點一起開火！」

時間到，一聲令下，瞬時地動山搖，霹靂雷霆，其規模令「八二三砲戰」如同辦家家酒。在南浦，一塊二十乘三十公里的地域，瞬時彈如雨下。數分鐘後，反砲擊開始了，美國以精良的砲擊回應，但中、朝在數量上占四比一的優勢。兩個小時過後，雙方各有損傷，不過顯然中、朝方面略勝一籌，而且中、朝這邊兵強馬齊、彈藥充足，而美軍經過一番砲戰之後，幾乎已用盡所有的砲彈與多管火箭（ＭＬＲＳ）的彈藥。美軍的重型彈藥大半尚未從船上卸下，登陸船團就被消滅了。

「杜哈中尉」身處驚天動地的砲火中，他是美軍登陸部隊偵察排的排長。他用智慧型手機拍下身邊地獄般的慘狀，上傳回美國的一般網站，讓美國百姓可以即時觀看朝鮮半島所發生的事（這是違反軍紀的，但當時在戰場上一片混亂，沒有人去制止他的行為）。

在邁阿密，有數萬人集結在大眾廣場，抗議政府派兵去送死，並議論今後美國西岸已完全裸露在敵人的攻擊下，因為美國已無足夠的航艦、潛艦可以保護美國西岸了。

正在民眾的情緒高漲時，廣場的大螢幕上突然播出來自北朝鮮的即時畫面（由「杜哈中尉」手機傳回的即時影音），大眾皆為它所震攝，現場先是鴉雀無聲，繼而以手機爭相走告。兩個小時後，廣場已聚集十多萬人，全美也開始沸騰了。

再回到北朝鮮，上午十一點整，「張將軍」問：「重新補給完畢了嗎？」

幕僚回答：「好了，各砲也重新校正定位了。」

「張將軍」說：「好！哼，想吃飯！門都沒有，傳令下去，十一點半再轟他媽的一輪。」

一個多小時後，全美已有超過五千多萬人在觀看由「杜哈中尉」手機轉播的「戰場實境秀」，大部分的人都被眼前所看到的畫面嚇呆了，他們從未想到世界第一強的美軍，竟會像牲畜般被屠殺。忽然間，畫面翻動，就在五千多萬人面前，「杜哈中尉」的手機飛了出去，在手機落地前，拍到了「杜哈中尉」的斷臂也飛了出去，跟著畫面一片漆黑，大家都知道遠在萬里的戰場發生了什麼事——「杜哈中尉」已成了一具支離破碎的屍體。

至此，美國百姓才真正體會到「美國軍人不是世界無敵的」。現在大眾心中所想的都是同一件事：「停止侵略，把十多萬美國子弟兵救回來，要求總統下台及盡快與中國談判！」

同一時間，在台灣的「楊中將」也在觀看網路直播，心想：「中國要倒大楣了。」便立即下令：「巡弋二號、巡弋三號立刻出海往東太平洋；巡弋一號整補完了之後，也馬上前往B9區待命。」只是「楊中將」萬萬想不到，倒大楣的不只是中國而已，連台灣也被捲進去了。

美國白宮，總統焦急地說：「怎麼辦？我們已不能一直躲在白宮裡，該如何面對千萬憤怒的美國百姓？」

國家安全顧問說：「都是『杜哈中尉』害的，等在南浦的美軍回來後，一定要陸戰部隊第一遠征軍『傑克森中將』負責。」

海軍部長憤怒地說：「你現在說這些有什麼用？為什麼不去救救那些陷在朝鮮半島的弟兄？難道真要他們自生自滅？」

中情局局長陰狠地說：「其實現在要解決問題很簡單。在國內，請總統頒布緊急命令，召國民兵上街，並執行『雷霆計畫』，此計畫只能給總統裁示，如果總統核可，大家就準備打一場核子先制攻擊戰。」

第二天一早，美國總統頒布緊急命令：「禁止一切集會遊行並實施宵禁，逮捕異議分子。」

美國總統發表演說之後與中情局局長密談，「事後會不會留下尾巴？」總統問。

中情局局長低聲地說：「不用擔心，等他事後到了阿根廷，我們馬上讓他人間蒸發。」

總統又問：「什麼時候可以行動？」

中情局局長答：「兩天之後換他值班，他會見機行事。」

「去辦吧。」總統說。

於是「雷霆計畫」就此開始了。

八月十日中國江西南昌，IRBM發射群，「江上校」緊張地踱步。自從兩年前在賭場賭輸，欠下二百萬人民幣高利貸而走投無路之時，他就被美國人吸收了，美國人不但幫他解決高利貸，每個月還給他六千美元，並約定有一天要幹一票大的，完事後再給他三百萬美元及一本玻利維亞護照，並會安排特殊管道離境。前天，美國人的通知來了——「就是現在」。

「江上校」看看手錶，心想：「幹吧！」一分鐘後警鈴響起（是演習！但今天將不同以往），「江上校」走到收發機前，拿起一張新的密令（但他偷偷將它與早就藏在袖中的另一張假密令對調）。他把密令交給副執行官，副執行官大聲唸出：

「核攻擊，六彈。一、東經一二×，××，××，北緯三×，××，××。兩彈。二、東經一二×，××，××，北緯二×，××，××。兩彈。三、東經一二×，××，××，北緯二×，××，××。兩彈。以上三目標各兩彈，十五萬噸，命令確認。」

副執行官唸完內容後，再把密令交給「江上校」，「確認無誤」，江上校大聲地說。

接下來，兩人各用自己的鑰匙插入鑰匙孔中，「三、二、一，發射！」兩人同時轉動鑰匙。

通常演習到此就結束了，但今天卻有所不同，地面傳來轟隆作響，六枚飛彈竟然發射出去了！

「南昌」，是中國最大的ＩＲＢＭ發射群，其假想目標是台灣。基地中有一百二十枚中程彈道飛彈，其中只有六枚是裝載核子彈頭。前陣子雖然經過美軍飛彈的攻擊，但這六枚都完好無損。

「江上校」馬上召來警衛連，下令：「這裡所有人都不准離開，等我去司令部搞清楚再說。」然後自己開車出了基地。其實調包密令、切換基地的電腦由演習轉換到實戰，這些都是「江上校」一人所為，然而，他現在卻是唯一離開基地的人。

六枚飛彈中，最早到達的是攻擊台北的兩枚。台北因有ＳＡＤ反彈道飛彈、弓四反彈道飛彈、抗ＥＭＰ反彈道飛彈，所以兩枚來襲的飛彈輕輕鬆鬆、無驚無險地被擊毀。

但三十秒後，第三、四枚飛彈又到了，攻擊目標是台中，因台北的ＳＡＤ飛彈正在對付襲台北的彈道飛彈，台中又無抗ＥＭＰ反彈道飛彈，只有靠設在清泉崗的一具弓四飛彈應付，在擊毀了一枚飛彈後，另一枚卻趁隙而入，在台中市區上空一千二百公尺爆成一團火球，冉冉下降，直至地面。造成台中、苗栗、彰化、南投、雲林共五十五萬人死傷，台中港全毀，並導致一次巨大的生態浩劫。

六枚飛彈中的最後兩枚彈道飛彈，目標是南韓光州。美韓聯軍竭盡全力才擊毀一枚，另一枚也是在一千二百公尺上空爆炸，造成光州居民四十五萬死傷，另有二萬五千名美軍傷亡。

戰爭很快變調了。

第十六章 回到核戰

美國總統說：「真好，事態果然如我們預期，那我們何時動手？」

中情局局長說：「先別急，看看台灣怎麼反應，你再擬定演講稿，到時候要怎麼打，就怎麼打。」

說完，兩人相視而笑。

在台灣方面，民心已沸騰，大家都說中國挾朝鮮半島勝利之餘威，想一掃台灣，如今切斷台灣本島南北，接下來就打算登陸了，強力呼籲政府反擊中國，網路上更是一大堆謠言。

另一方面，「中國龍」正以加密的電郵和「台灣虎」通訊：「給我們三天時間，我們一定會把這件事搞清楚，並給你們一個正式的交代。」

「台灣虎」：「好，但請你們盡快發布正式聲明。還有，這件事應該是美國人在背後搞鬼，如果是的話，你們不會有三天的時間，你想他們會先攻擊哪裡毀屍滅跡呢？」

「中國龍」恍然大悟：「是了！我馬上處理。」

數小時後，中國發布聲明：「中國無心核攻擊南韓、台灣，我國必在三天內調查此事，正告世人。無論如何，我國將賠償南韓、台灣的損失。」

中華民國總統對民眾發表公告：「中國如要攻擊台灣，毋須否認，大家忍耐三天就可知道結果，到時我方再讓該負責的人受到制裁。」

在美國，美國總統憂慮地說：「台灣竟然沒有任何動作，會不會被中國查出什麼來？」

中情局局長冷冷地說：「我們就讓他們查無可查。」說完，兩人一起走向戰情室。

五分鐘後，在戰情室，國家安全顧問說：「我們在南韓折損了兩萬五千人，媽的，這些瘋子竟敢用核子武器，我們一定要作出回應。」

總統說：「先鏟平南昌吧。」

於是在南昌發射了六枚核彈的三十六小時之後，從美國落磯山脈的某基地射出三枚彈道飛彈，三枚目標相同——中國南昌。三枚各攜有三個次彈頭。

三十五分鐘後，南昌響起了催命般的警報聲，在南昌東方四十公里處有一個S-400C反彈道飛彈基地，十二小時前又在南昌東北方三十公里處增設了一組S-400C，南昌基地又設有一套「抗EMP反彈道飛彈系統」，可謂「固若金湯」，但……。

南昌的兩組 S-400C 共擊毀了三枚次彈頭，可說是成績斐然，「抗ＥＭＰ反彈道飛彈系統」用盡了四組 STAGE-1、四組 STAGE-2，也擊毀了四枚次彈頭，卻仍有兩枚漏網之魚的次彈頭，在一千五百公尺上空爆開。一百萬噸的核彈一枚就足以毀掉南昌，更何況是兩枚，這就是所謂的「過度擊殺」！南昌有百分之五十的人口死於非命，鄰近城市也有大小不等的死傷。

為何南昌在受到如此致命的攻擊後，地面上已幾無所倖，卻仍有百分之五十的存活率？中國自一九六〇年代起，為對抗蘇聯的核攻，便在全國各大城市挖掘巨大的防空壕，二〇二〇年對日戰爭以來，更加強了各地的避難設施與訓練。這次的核攻擊，在二十四小時以前，中央已下令，確實做到防災演練，所以當警報響起時，三十分鐘之內就有百分之六十的人湧入防空壕，只有小部分的防空壕被毀。

在南昌受到核攻擊時，「中國龍」正與「台灣虎」通電郵。

「你乾脆的告訴我，你們調查到什麼程度，也許我能幫忙。」「台灣虎」說。

「好吧！我只能告訴你，南昌飛彈發射場的人員已移到上海，全部清查完畢，都沒有問題，但有一位關鍵人物，現在正在從雪梨乘『袋鼠』航空前往布宜諾斯艾利斯的途中，我們正用盡各種手段想阻止他進入阿根廷，但又不知道他用什麼名字。」

「你們既然不知道他用什麼名字，又怎麼知道他搭那班機呢？」

「這是國家機密，我不能告訴你。」

「我猜得到，我只能告訴你，南美各國我都有些熟人，如有需要我可以幫忙。」

「再看看吧。」

又過了五小時，加密電郵再度連線。

「南昌被毀的事，那些軍頭已按捺不住了，而那位南昌的關鍵人物在布宜諾斯艾利斯下機後，搭上車高速直往北去，我們實在沒有辦法，時間已不多了。」

「把那個人的所在座標及相片傳給我，讓我試試看。」

「好吧。」

而在台灣，美國人對南昌核攻，台灣人也很不舒服，「楊中將」對幕僚說：「這分明是毀屍滅跡，在三天的期限內就攻擊事發地，顯然是想阻礙調查，『司馬昭之心』由此可知。接下來美國一定會發動全面核攻擊，命『巡弋一號』戰速趕往『X9區』，如果遇美艦通過巴拿馬運河，立即跟監。如果他們敢打開飛彈發射口，立刻擊沉。」

阿根廷北方，「江上校」在布宜諾斯艾利斯下機後，立即有一位美國人接機，並帶著他一起坐上一部早就租好的車子，一路往北高速駛去。

開了一段時間後，坐在車內的「江上校」伸一伸懶腰。包下這部車，已經連續開了九個小時，幸好當初接機的美國人多顧用了一位司機，兩位司機輪流駕駛，一路以時速一百公里的速度飛奔而去，大概再三個小時就到邊界了。過了這一關就海闊天空了。「江上校」摸一摸身旁的箱子，那是在布宜諾斯艾利斯機場，由接機的美國人給的，箱子裡面可是裝著三百萬美金哪！「江上校」滿足地笑著。

半個小時後，車子停在薩爾塔加油，「最後一站了。」「江上校」心想。加完油後，繼續上路，又過了一個多小時，眼看漫長的旅途就要到終點了，忽然兩架民用直升機快速降下，擋在車子前面，從直升機內跑出十多名武裝人員，迅速壓制「江上校」及接機的美國人，把兩人押上直升機後快速離去。全部過程只花了五分鐘，只留下兩位滿臉錯愕的汽車司機。

原來中國自二〇二〇年以後，即在每位核彈執行員的身上祕密植入衛星定位晶片，而被植入晶片的核彈執行員並不知道此事，「中國龍」在無計可施之下，將衛星定位晶片密碼告訴「台灣虎」，「新領土」才得以派人將這兩人押回「新領土」，並迅即派專機把兩人送往中國。

由於時間緊迫，「新領土」的人員在專機上對「江上校」進行初步的偵訊，「江上校」心知無倖，便將事情的始末一五一十合盤托出，沒想到卻引發一旁美國人的情緒大暴發。

也是美國賊星該敗，那個美國人是美國駐阿根廷大使館的武官，他在二十四小時前才獲通知，他那駐防在南韓光州的弟弟剛死於中國的核攻擊，「媽的，弟弟竟然是死於自己人手上！」他悲憤地想。於是他便說出自己所獲得的命令，並說出美國打算在玻利維亞邊境，由接應的人將「江上校」滅口，這下子換「江上校」翻臉了，便決定百分之百配合。

兩人被押回中國後，「中國龍」隨即以加密電郵連絡：「真感謝你們的幫忙，接下來，我們可有得忙了。」

「台灣虎」回電郵：「等等，麻煩才正要開始了，你認為美國會讓你們開國際記者會嗎？我建議你們用『反空城計』，虛以實之。」

「真厲害，謝謝你了。」

中國宣布二十四小時後，在前陣子已被核彈摧毀的寧波舉行國際記者會。

在白宮，美國總統對中情局局長說：「你們是怎麼辦事的？那兩人一定是被中國劫走了，現在一定快送到中國了，屆時中國一開國際記者會，就什麼都完了。」

中情局局長陰狠地說：「一不作，二不休，到時把寧波也鏟平。」

第二天上午，中原標準時間十一點整，中國上海虹橋機場，一群人魚貫地進入一架飛機，他們是來自世界各地的記者，其中包括美國四大廣播公司的記者。記者們被告知將搭機到寧波的一處祕密場所，並請先關閉對外的通訊以策安全。

一個小時後，飛機降落在一個不知名的地方，大家又魚貫下機，直接走入一個深十五層戒備森嚴的地下碉堡，此時是中午十二時四十分，離預定的記者會時間只剩二十分鐘，大家依序坐下。時間到，會場主持人向大家介紹兩人，一是南昌飛彈發射場的主任「江上校」，另一位是美國駐阿根廷大使館的首席武官「約翰．貝勒」，此時忽然響起淒厲的警報聲，主持人不慌不忙地說：「大家不用驚慌，記者會繼續進行。」接著「江上校」和美國武官「貝勒」輪番上台，說明整件事的經過，尤其以「貝勒」激憤的陳述最令人印象深刻。記者會結束後，主持人要求各國記者等空襲過後，再把記者會的內容傳送回國。

寧波，這個已在前陣子被核彈摧毀的城市，在下午一點二十分，再被九顆各一百萬噸級的核彈在五百公尺高度爆擊，其威力可摧毀地下二十層建築。可惜記者會會場臨時改在一百公里外的軍事基地舉行，美國這次中了「反空城計」。

時間回到稍早，中原標準時間中午一點，在美國有數千萬美國人守在電視機前面，等著看中國記者會的實況轉播，卻等來了美國政府公告：「中國不開記者會了，一切都是中國為了拖延時間而搞的騙局。」但在一個多小時後，卻又突然在美國各電視台播出中國記者會的實況轉播，內容狠狠的打了美國政府一耳光。結果記者們都說：「托中國的福，我們大家才沒被美國滅口，也才能真實呈現記者會的全貌給世人。」

中原標準時間下午三點，美國各地的手機、電腦全都被駭入一則訊息：「美國政府不顧警告，多次攻擊中立的台灣，美國必需為此付出代價。在此宣布，在中原標準時間明日下午四點，即二十四小時之後，將在西雅圖及邁阿密兩地上空三千公尺，各引爆一枚四百萬噸級的核子裝置，若有美國潛艦進入太平洋，將會遭到擊沉的命運。西雅圖及邁阿密的居民，你們只有二十四小時可以撤離，請趕快行動。」

美國政府則不斷大聲疾呼，要老百姓別受謠言所惑，並說在西雅圖及邁阿密兩地已設有重重反飛彈系統，保證連一隻蒼蠅也飛不進來，但老百姓已不相信政府所說的任何話了。

世界各國都對美國的作法非常不屑，民心已逐漸起了微妙的變化。

但更迫在眉睫的是，二十四小時的期限將至，美國人爭相遠離西雅圖及邁阿密兩地。

第二天，中原標準時間下午三點半，在聖地牙哥外海，「鯨魚三號」浮近海面。「A 23發射！」五分鐘後「A 24發射！」「黃艦長」射完飛彈後接著下令下潛。

下午四點，在西雅圖及邁阿密上空三千公尺處，各自爆開一團銀色火球，摧毀下方三十公里半徑的所有建築，兩地尚有一半來不及逃離的人，其死亡率高達百分之九十七。

美國大眾與中國大眾的手機與電腦又同時被駭：「這只是一個警告，再有任何國家濫用核武，我們將用更強一百倍的殺傷性武器懲罰。記住，地球不是你們獨有的！」

美國大眾怒不可抑，這股怒氣全指向美國政府，公眾要求美國總統下台，但美國總統一群人卻避不出面，整天躲在防空碉堡裡，外面的紛亂全交由鎮暴警察處理。他們卻不知道外面已是遍地烽火，鎮暴警察已經快要鎮壓不住了。

在朝鮮半島，中國與北朝鮮又開始對南浦的美軍展開砲擊，而且逐漸縮小包圍。南韓卻升起一股極端的反美浪潮，他們不滿美國人故意把核戰引到南韓本土，因此南韓的軍隊已經開始停火。

墨西哥灣以南一千五百公里水下，「飛魚三號」正扼守著進入太平洋的要道，仔細監聽著。自從俘虜了海狼級，獲得海狼級的聲紋資料後，飛魚級已能在八公里外偵得以六節行進中的海狼級，若海狼級以二十五節行進的話，更可以在十五公里外偵知。

「飛魚三號」聲納室報告：「聲納接觸，東南十二公里，西北航向，二十二節。」艦長下令：「靜音部署。」聲納室又報告：「它急速朝著我艦而來！」

「六節向東南前進，一號、二號及五號魚雷備便，讓它過去，我猜後面還有一個大傢伙。」艦長冷靜地說。

在海狼級，艦長「馬克」自從半年多前莫名其妙地自台灣海峽逃出升天後，至今心情仍未平復，「自從一天前與俄亥俄級一起通過巴拿馬運河後，即以二十二節雙雙向西北直趕，前面五千公里的一片海域，一直是美國的『絕對地盤』，可是現在心中卻不知為何，總浮起一抹不安……。」「馬克」在心中煩惱著。

越往西北走，內心的不安越重，潛艦是一個絕對封閉的空間，對於潛艦的運行，完全只能靠聽覺與電腦記憶為之，至於潛艦外面的環境根本無從得知，除非……，艦長「馬克」實在忍不住了，下令：「主動聲納，預備。」船員們個個面面相覷，雖然滿心疑惑，卻只能依命而行。沒想到隨著「乒」的一聲，結果大出所料，「西北方一公里不明接觸，大小約與本艦的一半相若。」聲納室報告。艦長下令：「再乒一下」，再乒一聲後，聲納室又報告：「航速六節，天啊！這是什麼海怪？」艦長令：「一號、二號魚雷備便，再乒一次。」一分鐘後，聲納室報告：「我的天啊！目標現在已到東南一公里，航速估計二十五節，什麼東西速度可以這麼快？」

「馬克艦長」下令：「本艦調轉一百八十度追擊，目標正向俄亥俄級而去，聲納還是沒有接觸嗎？」

聲納室：「剛才兩艦交會時有輕微的電磁雜音，現在又什麼都聽不到了。」

艦長：「再乒一次。」三十秒後，聲納室報告：「目標已在本艦東南五公里，航速三十五節。」

艦長：「一號魚雷發射！」

聲納室又報告：「魚雷正常發射，魚雷距離目標五點五公里，魚雷捕捉到目標，切斷魚雷導線……，」這時聲納室突然驚呼，「目標發射魚雷！天啊！一百三十節的速度直朝本艦而來，接觸時間一分三十秒！」

「完了！」「馬克艦長」與眾人一句話都說不出口。

時間回到稍早之前，「飛魚三號」戰情室，聲納員報告：「海狼級距離三公里，船速二十節，兩艦正急速接近中。」

艦長：「先讓海狼級過去，並嚴密監視它的動向。」忽然間「乒」的一聲巨響，差點震聾聲納員的耳朵，「他們竟然使用主動聲納！」艦長急下令全速前進，又過了一分鐘，「本艦速度已達十節……。」話未說完，又是「乒」的一聲，「他們在測我艦的航速，」聲納員報告，「海狼級正進行大轉向，並開啟魚雷管門，它要發射魚雷了！」「海狼級轉向完成，現在正對我艦。」聲納員接連報告。忽然又是「乒」的一聲，接著聲納員急呼：「它發射魚雷了，魚雷捕捉到本艦！」

艦長下令：「五號魚雷自由搜尋模式，發射！本艦『噴射推進』預備，開始。」

聲納員：「本艦船速三十六節，來襲魚雷距離四點五公里。」「本艦船速四十二節，魚雷距離四公里。」「本艦船速四十八節，來襲魚雷距離三點六公里。」「本艦魚雷接觸海狼級時間三十秒；本艦魚雷擊中海狼級；本艦船速五十五節，來襲魚雷距離二點九公里。」

這時，聲納員又有新發現：「本艦前方七公里處又一大型潛艦探知，是俄亥俄級！」

艦長下令：「不用理它，直接撞過去！」

聲納員：「本艦船速五十九節，來襲魚雷距離二點五公里，本艦距俄亥俄級三點九公里。」「本艦航速六十二節，來襲魚雷距離二點一公里，本艦距俄亥俄級二公里。」

艦長下令：「從俄亥俄級的下方通過，然後上浮！」

聲納員：「已通過俄亥俄級，本艦上浮中，來襲魚雷距離本艦一點八公里。」

來襲的魚雷感應到一個比「飛魚三號」大三倍的電磁網，便在俄亥俄級的船腹中線爆炸，擊沉了俄亥俄級，「飛魚三號」又創下了記錄。

在美國，總統憂心忡忡：「怎麼辦？看來外面的情勢已快控制不住了。」

中情局局長說：「現在唯一的辦法是在軍事上取得某些勝利，以轉移老百姓的注意。否則我們在座的各位再也走不出這個碉堡了。」

這時又有新情報到來，海軍部長看了後大聲說：「什麼！海狼級與俄亥俄級雙雙被擊沉了？」

國家安全顧問說：「再這樣下去，我們的戰力就像被剝筍般所剩無幾了。」

中情局局長說：「我們現在最迫切的問題是要救回身陷朝鮮半島的弟兄。還有恐嚇我們人民的不是中國就是台灣，我們要對這兩國首都之外最大的城市作毀滅性的核打擊，好讓他們知道誰才是老大。」

總統說：「好呀！馬上去辦。他媽的，總算可以出口氣了。」

兩小時後，美國雙管齊下，自落磯山脈這個一九九〇年代開始設置的一連串地下飛彈發射場，射出四枚三彈頭飛彈，兩枚朝桃園，兩枚朝上海。彈頭威力經調整過，桃園為五十萬噸乘以六枚次彈頭，上海為二百萬噸乘以六枚次彈頭。

同時在首爾的美韓聯軍司令部，對南浦的東北及東南的北朝鮮軍隊，發射了六枚一點五萬噸的戰術核子武器。這六枚短程飛彈分別散落在北朝鮮軍隊的上空，並在四百五十公尺的空中爆炸，造成北朝鮮軍隊百分之二十的人員立即死亡，三分之一的人嚴重灼傷，除了在裝甲車輛中的人之外，其它身體沒有被衣物蓋住的部位，都立刻起水泡。片刻之間，由三十二萬軍隊所圍成的人牆，已被澈底瓦解。

大約相同時間，在桃園、上海不約而同地響起警報聲，人們立即躲入防空壕，也不管防空壕是否夠深、夠堅固。

在桃園，警報響起的十分鐘之內，反彈道飛彈系統已開始應戰，「距離七百，共六枚。」「ＳＡＤ準備，發射！再發射！」隨著命令，升起了兩批共八枚飛彈，朝上空直射而去。

「距離三百……二百五十……，一發攔截成功…又一發攔截成功。」

「糟了，還有四枚急速下墜中，弓四飛彈預備，發射！」

「距離一百五十……一百三十，再發射！」

在另一個基地也正全力攔截來襲的飛彈。

「距離一百三十，STAGE-1發射！再發射！」

「距離七十五，STAGE-2發射！再發射！」抗EMP反彈道飛彈系統原理，讓STAGE-1和STAGE-2一次只能同時對付各一個目標，所以來襲的六枚次彈頭，SAD擊毀兩枚、弓四擊毀一枚、STAGE-1和STAGE-2各擊落一枚，還剩一枚彈頭就在桃園上空一千兩百公尺處爆炸，夷平了桃園市百分之四十的建物。桃園市立刻陷入一片烈火煉獄，二十五萬人死傷。

然而，比起上海，桃園算是幸運的了。

上海被六枚核彈攻擊，拚了老命也只攔下四枚，餘下兩枚各兩百萬噸級，便在上海上空一千五百公尺處爆炸，上海可比桃園大多了，來襲的核彈也比攻擊桃園的大得多，兩枚各兩百萬噸的核彈，瞬間將上海百分之九十五的建築一掃而盡。

桃園受爆兩小時後，美國網路又被駭入一則新聞：「美國政府不顧警告，反而變本加厲，以核彈攻擊桃園，造成生靈塗炭，其代價將是二十四小時之後，伊利諾州的芝加哥將受到毀滅性的核報復。」

在南浦，核爆一小時後，美軍隊緊急移動，希望跨越三十八度線，與在南韓的美軍匯合；而在三十八度線的在韓美軍也想跨越邊界，迎接南浦來的美軍，沒想到南韓軍隊竟然掉轉槍口，不准美軍進入北朝鮮和南浦美軍匯合。南韓政府已受不了壓力，因為美國竟然在朝鮮半島使用核子武器！南韓得考慮自己的生存問題了。

桃園受爆六小時後，在「B5區」，「鯨魚二號」浮近水面，「發射！」三枚SLBM朝著東方遠颺而去。

同一時間，在白宮的地下碉堡，「台灣竟然還敢恐嚇我們。哼！把台灣的第三大城市也毀了！」總統說。

在落磯山脈的飛彈發射基地，接到指令後，「發射準備，E二二×，×，××，N二×，××，××××，彈數二，強度三十，通常發射模式。」

「發射準備完成。」「發射前一分鐘……三十秒……十秒……。」就在此時，一切都停止了，突然所有的電子儀器都不動了，又過了十幾秒鐘，天空傳來一聲爆雷、又一聲，再一聲！

隨著三聲巨響，一切都結束了。

落磯山脈，以上次核打擊桃園的發射地為中心，所構成七十公里長等邊三角形的三個頂點，分別受到各一枚融合型中子武器的攻擊，三枚彈頭在五千公尺上空爆炸，高密度的中子立即像一盤豆子般撒下，中子以接近光速的高速，自融合中心蹦出，無堅不摧地擊向地面，其威力足以打穿十二枚各厚一點二公尺的鉛板，所以爆炸造成一萬八千人死亡，其中有九千人是落磯山脈二百八十座發射臺的操作人員，這些人在爆炸聲傳到地面之前已全數死亡。

在落磯山脈被攻擊後的十九個小時後，另一艘鯨魚級潛艦自「A5區」發射一枚SLBM，朝伊利諾州而去。四十五分鐘後，美國中部第一大工業城芝加哥頓成煉獄，四百萬噸當量黃色炸藥威力的金屬融合彈，使得芝加哥了無生機。

世界各國對美國的容忍已到了極限，不但一個個與美國斷交，而且更拒絕美國難民入境。因為美國難民數量已達兩千萬人，那不是任何一個、甚至十個國家所能承受的。加拿大與墨西哥都關閉了邊境。

俄羅斯對美國發出聲明：「不要一意孤行，否則後果自負。俄羅斯不會再發出任何警告了。」

在朝鮮半島，美軍在南浦的那一群孤軍，距三十八度線只剩十公里了，卻再也無法繼續推進，前有殺紅了眼的北朝鮮「鐵衛師團」，後有中國追兵，情況危急，最後美軍選擇向後轉，全體向中國軍隊投降，所有人員只餘十萬二千多人。

在華盛頓特區，已有一百萬民眾包圍白宮，要求總統下台，情況已經快控制不住了。在白宮地下碉堡，美國總統正怒氣衝天：「台灣竟敢真的攻擊芝加哥，我們一定要報復！」

二十分鐘後，自科羅拉多州美國最大的ＩＣＢＭ發射群，爆出兩條巨大的火柱，是「潘興二式」洲際彈道飛彈，每枚搭載五百萬噸級單彈頭熱核武器。四十五分鐘後，兩枚都被高雄的反彈道飛彈攔截擊毀。一小時後，台灣的報復來了，又是三枚融合型中子彈，在科羅拉多州飛彈發射口的上空五千公尺，又是等邊三角形的三個頂點處爆開，這次摧毀了四百八十座地下發射口，以及殺死了二十五萬人，並在網路公開呼籲「給美國人民二十四小時去推翻野心政府，否則將再摧毀美國十座城市。」

中國的官方媒體也被駭入一則短訊：「請在二十四小時內不要攻擊美國，讓事件有和平落幕的機會。」

中南海，主席問：「我們的潛艦到哪裡了？」

「還有兩小時就定位。」國防部長答。

主席高聲說：「這是千載難逢的機會，此時不打，更待何時？照打！」

在東太平洋，「巡弋一號」悠閒的在Ｃ４區航行，忽然聲納室報告：「東南四十五公里海域有飛彈發射聲，共四枚。」

艦長心想：「壞了！」急下令：「往南前進，二十節，搜尋有無其它潛艦，可能尚有一艘。」

三十五分鐘後，「天啊！那是一列火車嗎？聲納接觸南方二十一公里，十五節西行，命名為T1。」聲納室報告。艦長下令：「讓它過去，繼續搜尋有沒有其它艦隻。」

在華盛頓、聖路易、明尼亞波利斯，分別受到兩枚、一枚、一枚核彈的攻擊，其中華盛頓擊落一枚，其餘三枚在這三個城市上空二百公里處爆開，三地的居民皆顫慄以待，因為大家都知道接著會發生什麼事，而白宮外已聚集了五百萬示威民眾，這些民眾不願躲入防空壕，他們寧可與美國共存亡，不再逃避。

回到「巡弋一號」，「聲納接觸，西南十六公里，航向東方，八節，命名為T2，這麼吵，難怪他們一下子就輕易地被美國擊沉三艘。」聲納室報告。

艦長：「果然來了，盯住，跟上去。」

三十分鐘後，聲納室持續報告：「T2減速至五節……三節……它上浮了。」

艦長下令：「跟近至二公里，一號、二號魚雷備便，目標T2。」

「T2浮到海面下十五公尺。」

艦長：「真是不知死活，魚雷室聽我命令。」

「T2正在打開飛彈發射口！」

艦長迅速下令：「一號、二號魚雷發射！」就在間不容髮之際把T2擊沉了。那是中國最後一艘黃帝級洲際彈道飛彈潛艦。而另一艘噪音大得像火車的是明級，因「巡弋一號」放過它而逃過一劫。

在華盛頓，憤怒的美國群眾由參議院多數黨領袖與陸戰隊指揮達成協議，由陸戰隊逮捕總統、中情局局長、國家安全顧問等三人，並宣布成立臨時政府與中國談判。

在地球另一邊，「台灣虎」以加密電郵急尋「中國龍」：「你們絕不可再核攻擊美國。」

「請道其詳。」

「美國那批人已被逮捕，現在白宮廣場上的數百萬人都是站在和平的一方的人，你們下得了手嗎？」

「難道上海那五百萬人就該死嗎？」

「你們都不用考慮後果嗎？美國可是擁有兩萬多枚戰略核武，一旦報復起來，你們自認承受得了嗎？」

「我恐怕勸不了那群喊著要報復美國的人。」

「如果他們聽不進去，就讓他們想想黃帝級的下場吧。」

「原來……，好吧，我去勸他們。」

北京，中央軍委會，三砲司令員激動地說：「現在是最好的時機，華盛頓、聖路易、明尼亞波利斯這三個城市上空的電磁雲再過兩個小時就會散去，而華盛頓廣場現在又擠滿了人，是個絕佳的目標，機會稍縱即逝啊！」

國土安全部長說：「但是現在如果我們攻擊華盛頓的話，世界輿論會再度轉向，而且不能不考慮美國的報復。」

主席下總結：「好了，再吵下去就沒有時間了，為了上海那五百萬人，我們必須討個公道，去下令武夷山的『東風－41』發射吧！」

福建武夷山「東風－41」地下發射基地：「發射指令確認，輸入座標，打開發射口，倒數計時三分鐘，開始。」

在台灣高雄，「衛星探得武夷山飛彈基地已打開三個飛彈發射口。」「糟了！」「楊中將」心想，立即下令：「即刻定位，給我連絡澎指部。」

在中國，「暫停倒數」，主席剛接到「中國龍」的急電，聽完電話後，把內容再向各軍委會說了一遍，並問：「你們怎麼看？」之後又是十幾分鐘的爭吵，最後結論是「繼續倒數」。

在澎湖，十分鐘前，「澎湖飛彈指揮部」司令：「發射！」一道火光自七美激射而出。

在武夷山飛彈發射基地，「倒數十秒……三、二、一，發射！」三枚飛彈依序自三個間隔五百公尺的飛彈發射口內冉冉升起，過了五秒鐘，突然在上空二千公尺處爆發一陣白光，地面與地下的所有人員都死於一瞬，武夷山所發射的第二枚與第三枚「東風－41」飛彈被摧毀，而第一枚「東風－41」飛彈則穿過白光繼續向上遠去。

五十分鐘後，「東風－41」飛過五大湖區上空，彈頭分解成五個，但只有一個是真的，這時距離華盛頓只剩六百公里了，轉眼間，彈頭便如入無人之地的衝到華府上空，到了十二公里處，華府廣場上的眾人已隱約可見到彈頭的軌跡，眾人只能在心中默默的祈禱，並觀看這最後的兩秒。

但是奇蹟發生了！華府廣場上的眾人，眼看著來襲的飛彈在上空一千五百公尺處炸開，火球卻沒有繼續擴大，「是啞彈！」廣場上響起一陣歡呼。

原來這枚「東風－41」在發射階段時，受到強力又密集的中子撞擊，彈頭中的六十四個放電系統，有九個受到破壞，這使得六十四個炸藥片再也無法將核心的「鈽」炸成完美的形狀，以達成連鎖反應的目的。

華府廣場上眾人互擁而泣，在全世界觀看實況轉播的人們眼裡（包括中國領導人），心中都不約而同的升起一個念頭：「這種事情絕對不能再發生了。」

在中國，「現在還來得及，馬上再從另一個基地發射！」國防部長激動地說。

主席說：「我已經決定了，不再使用任何核子武器，再這樣下去，你來我往將永無寧日。」

二砲司令員激憤地說：「那台灣呢？他們竟敢攻擊我們武夷山的基地，這口氣一定要出！」

國防部長說：「現在台灣實力未明，我們可以把報復範圍局限在澎湖。」

主席說：「好吧，但不要用核子武器，以免升高戰事。」

國防部長說：「那就給他們來個空中大轟炸。」

「海澄」是一個專為空襲台灣而準備了數十年的空軍機場，今天總算派上用場了，十六架殲－11與八架Su－27獲得執行這項任務的殊榮。地面上有二十四架殲－10及十二架殲－12待命著，若有必要，可作為第二波攻擊之用。

二十四架戰機剛自海澄起飛，就被台灣空軍預警機盯上，一發覺中國戰機向著台灣海峽飛來，便立刻命在新竹上空巡邏的四架F－16V前去攔截，並由台中清泉崗及澎湖馬公兩基地各緊急起飛八架F－16V，沒想到雙方尚未接觸質問，中國戰機隨即在距四架F－16V四公里處，發射了四枚「白楊三」飛彈，F－16V使出渾身解數，又加上已換裝新型噴嘴，才勉強閃過來襲的飛彈。

這時，自馬公趕來的八架F－16V，對著中國戰機發射八枚AIM－120（AMRAAM）先進中程空射空飛彈，接著清泉崗的八架F－16V也飛到了，立時雙方戰機陷入一場混戰。很快地空戰結束了，空戰中Su－27被擊落了五架，殲－11被擊落了七架，另有四架殲－11衝到馬公企圖投彈，但全被27㎜防砲擊落，八架倖存的中國戰機倉惶逃回海澄。F－16V則有一架被擊落。

第二天，中國派出二十四架Su－47以及二十四架Su－27，到台灣海峽中線挑戰，但中國不知道這次台灣已有萬全的準備。台灣派出二十八架F－16D。

雙方一在西北、一在東南，當彼此飛行到相距六十公里時，中國正準備率先打出飛彈之際，忽然從東北方三十五公里、三萬六千呎高空處，憑空冒出四十八枚飛彈向中國機群襲來，接著不知何故，又自同一位置現出十二架中華民國戰機，往東北逃去。中國機群顧不得發射飛彈，只能拚命閃躲來襲的飛彈。說時遲、那時快，台灣的F－16D又在五十公里處，發射四十八枚AIM－120，然後也是團進團出地向東南方逃逸。

兩輪共九十六枚飛彈過後，中國戰機已剩十一架，這十一架當然心有未甘，直追先前向東北方逃去的十二架戰機，這時突然不知從何處噴出如閃電般的短程飛彈，根本不容中國戰機閃避，在短短的數十秒內，即將十一架中國戰機一一擊落。

原來在稍早之前，在中國戰機的東北方是六架中華民國的「隱形戰機」，帶領著以兩架編隊共十二架的幻像機，藏於雷達陰影下，待十二架幻像機自三萬六千呎高空射出四十八枚MICA中程空對空飛彈後，飛出雷達陰影而去。「隱形戰機」則是向前迎去，用「箭四型」將殘餘敵機擊毀。

三小時後，中華民國飛彈預警中心發出警告：「飛彈來襲！彈著點新竹空軍基地與澎湖馬公各二十發，發射地大陸平潭，啟動『天盾系統』。」

攻擊新竹的飛彈，在九十五公里處被「弓四飛彈」擊毀四枚，又在二十公里處再被「弓四飛彈」攔下五枚，跟著在基地四周的四座27㎜近迫快砲開火了，最後來襲的飛彈只有一枚擊中跑道。而攻擊澎湖的飛彈，則有三枚漏網之魚擊中跑道與機庫，炸毀了兩架F－16D。

五分鐘後，台灣的報復來了！自蘇澳某處偽裝的山壁中，射出二十四枚飛彈，十二枚目標是平潭飛彈發射場，另十二枚目標是海澄機場，二十四枚都是子母彈，每枚子母彈在到達目標上空後，會分裂成一百二十八個次彈頭，每個次彈頭威力有如一枚120㎜迫擊砲。更重要的是，飛彈本身是隱形的，只有在最後減速階段那短短的四秒才現身，所以根本無從攔截。

攻擊過後，平潭和海澄已成煉獄。

在中南海，國防部長高聲地說：「什麼！台灣竟敢對我們用飛彈攔截？好，那我們就用飛彈把他們淹沒。」

二砲司令員說：「唉，今日不同往日，我們已經沒有足夠的飛彈了。」

國防部長驚訝的問：「這怎麼可能？我們的飛彈都到哪裡去了？我以為我們有世界第一數量的戰術飛彈。」

二砲司令員回答：「那已經是過去的事了，我們的飛彈在戰損以及使用在朝鮮半島，共耗去了百分之九十五，即是一萬多枚。現在只剩下不到一千枚，若要拚輸贏，被淹沒的恐怕是我們。還有，我們的飛彈製造工廠被破壞了十之八九，想要恢復舊日的榮光，沒有花個七、八年是不成的。」

主席說：「這些犧牲正是我們打垮美國的代價。算了，多一事不如少一事，我們還是把精力用在與美國的談判上。」

外交部長說：「美方的談判代表團已在今天下午抵達北京，北朝鮮的人員也剛到達，明天早上十點開始第一輪談判。」

主席說：「加把勁吧！」會議後，主席獨留二砲司令員，主席說：「好了，你現在可以說了。」

二砲司令員報告：「其實我們的戰略核武數量已到底了，八百萬噸的『東風－39』只剩三枚；兩百萬噸三彈頭的『東風－39 b』也只剩兩枚，我們最後的王牌『東風－41』只剩二十二枚；另外還剩下三十萬噸級以下的中程戰術飛彈六十七枚，這些就是我們現在僅存的核子兵力。另外，海軍方面只剩兩艘空了的明級。」

主席說：「這事一定要保密，如果被美國人知道的話，那也不用談判了。另外要趕緊整合各單位，儘快補上洲際彈道飛彈的數量，能做多少算多少。」

二砲司令員答：「已在做了。還有，台灣的事不能就此善罷干休，各軍種都憤憤不平。」

主席說：「現在不宜大動干戈，先等一等再說吧。」

第二天，中、美、朝三國的談判一開始就觸礁，三方面的主張南轅北轍，毫無共識可言，美國主張下列五點以換得不再核攻擊中國：

一、美方主張美國的戰犯（美國總統、中情局局長、國家安全顧問等三人）應在美國國內受審。

二、中國不可再使用任何核武。

三、中國必需銷毀所有核武。

四、北朝鮮自南韓退兵。

五、立即歸還美軍俘虜。

中國的主張則是：

一、美國削減一半的戰略核武。

二、美國戰犯（包括前美國總統共四人）解赴中國受審。

三、美國戰俘在中國受審。

四、商討美國對中國的賠償事宜。

北朝鮮的條件是「向首爾發射六枚核武」，然後再談賠償北朝鮮的事宜。至於退兵，等跟南韓分出勝負再說。

第二天，美國已略有轉圜，不再要求中國銷毀核武，並同意解送四名戰犯至國際法庭審判，同時美國也願意削減一千枚戰略核武；中國願退一步，讓四名戰犯到國際法庭審判，其它則一步不讓；北朝鮮則是絲毫不動搖，並要美國給一個理由，憑什麼美國可以向北朝鮮投下六枚核彈，而北朝鮮卻不能反擊？

就在三方僵持不下的時候，美國本土傳來令人意想不到的事。

第十七章　再生變故

就在美國、中國、北朝鮮三國在北京爭論不休之時，美國的華盛頓、明尼亞波利斯、休士頓三地發生了重大恐怖攻擊事件。

八月十四日一早，美國各大媒體都刊登了一則出賣恐怖活動工具的廣告，八月十四日下午二點將做一場示範攻擊。沒想到早上九點，在華盛頓就發生六起自殺炸彈攻擊，接著一個小時後，明尼亞波利斯也發生了五起自殺炸彈攻擊。到了下午兩點，正當大家等待謎底揭曉時，在休士頓有一架直升機飛進太空中心上空八百公尺處，引爆了機上裝設的一個核子裝置。這個裝置內含近十公斤的高濃縮鈽，引爆之後，產生一點四萬噸黃色炸藥相當的威力，威力直逼廣島原爆的規模，並釋放出核分裂物質，造成休士頓十六萬市民死傷，並摧毀了美國民用及軍用衛星最主要的控制中心。

自此刻起，美國的媒體及老百姓便聚焦在這條新聞及後續發展，在北京的談判也因此中斷，美國人懷疑這件事與中國脫不了關係。

一九八〇年代，日本的泡沫經濟已到崩潰破滅的邊緣，遂轉而向各盟國（主要是美國）使出各種不法的貿易手段，並違反「禁止對共產國家輸出條約」（例如基洛級的靜音技術，便是出自日本的東×公司），以致一九八〇年代後期爆發美日貿易戰爭，這就是著名「三〇一條款」的出處。當時的日本政府覺得美日終需一戰，便設計了一套「VOYAGE（旅人）計畫」，以八十名日本青少年陸續歸化美國做為「火種」，以備將來之用。並自一九九〇年起，以聯合國使節團外交郵袋的名義，偷偷運一千五百公斤的「鈽」進入美國。再以此做成一百六十枚簡易型核分裂裝置，交由這八十名「火種」保管，以作為日後在美國境內搧風點火之用。

二〇二〇年，日本戰敗覆滅，這八十人便成了孤兒。其心中不平、不滿卻都發洩到美國政府頭上，他們隱藏自己等待機會，現在機會來了。

「旅人」計畫在一九九〇年開始，由「水野」負責，之後只有日本歷任的防衛大臣知悉此一計畫，二〇二〇年八月四日，自「水野」之後，歷任的防衛大臣除了「上野香津子」之外，全部都死於「輕井澤核爆」。所以當今世上只有「上野香津子」一人知道整個計畫的經緯，但「上野香津子」也僅限於記憶，所有文件早已葬身於「東京湖」中。

再把時間拉到二〇二二年八月十六日，此時美國已為了境內各地層出不窮的恐怖活動而疲於奔命，ＦＢＩ接到情資，大部分的恐怖活動都只是用來證明自己，以獲得購買核彈的入門票，而據說核彈有五百枚，每枚要價一千萬美金，更有甚者，中情局提供最新情報給政府，北朝鮮正運送六枚「飛毛腿」短程地對地飛彈到春川，屆時北朝鮮將可核攻擊烏山與光州這兩個美軍集結地。

美國臨時政府的十二名成員一致決議，不可讓休士頓的核爆事件再度發生（他們卻忘了是美國率先在朝鮮半島使用核武的），有人建議先發制人，此提議最後通過了。（他們只知道以暴制暴，卻不知何謂以暴引暴。）

中原標準時間八月十九日下午六點，自美國麻州的某祕密基地，射出一枚搭載五十萬噸彈頭的「潘興二型」洲際彈道飛彈，四十五分鐘後，彈頭在春川上空五百公尺處爆開，摧毀了地面上的所有設施，造成四十六萬人死傷，其中有四萬人是北朝鮮軍人，美國這一炸，在舊恨之上，又炸出了新仇。

春川核爆一個小時後，在東太平洋某處，「發射！」連續三枚飛彈激射而出，向東飛去。五十五分鐘後，美國麻州飛彈發射群上空五千公尺處，又是等邊三角形、相距七十公里的三個頂點，爆出了三個火球，地面及地下方圓一百公里處，鳥獸之跡立杳，人畜皆滅，連同基地地下的一百二十八枚飛彈一起遭到毀滅的命運。

同一時間，美國的網路又被駭入一則聲明：「美國換了領導層，卻仍不改窮兵黷武的特性，難道這就是美國人的本性？現已對發射核彈的美國基地作出懲罰。再給美國一次機會，自今日起若美國再濫用核武，我們將毀滅美國的核武發射基地，並摧毀一個美國境內的核武貯備城市，我們也會節制中國不再使用核武。」此聲明並未署名，美國也不知基地是被誰所滅。

「朴東俊」，韓國人，自幼即為孤兒，二十一歲時辛苦取得獎學金到美國攻讀法律碩士，二十七歲時取得美國律師資格，進入賓夕法尼亞州費城這家有名的律師事務所工作，至今已十五年，職位也升至分部副主管。十年前與同為韓國人的太太結婚，夫妻感情如膠似漆，八年前太太為他生了一個可愛的女兒，是他存在於這個世界的證據，這兩人都是他生命中的所有，卻在一個多月前回春川省親而陷在當地。

這天「朴東俊」在上班之前，還是撥了一通越洋電話，而電話另一端仍然像過去半個月來一樣，每天都處於斷線。打從美國艦隊開始轟炸春川那天，「朴東俊」就再也聯絡不上妻子，可是每次撥電話的時候，他都懷抱著微弱的希望，希望這次會有人接電話，但每撥一次，他便心死一次，於是一股無處可洩的恨意，日漸在心中滋長。

美國東部時間八月十九日早上八點，「朴東俊」一進入辦公室，整個人倒在地上崩潰，而他的恨意也跟著潰堤了，因為辦公室的電視螢幕上，正映照著春川遭到美國核攻擊的畫面。

話說北朝鮮南占仁川、北取春川之後，便不再前進，除了忙著布下陷阱之外，也把兩地的人民都妥善安置，所以那個時候，包括「朴東俊」的妻小在內，所有人都安全無虞，但現在已經沒有任何生命跡象了。

這一刻「朴東俊」的腦中一片空白，覺得自己再也活不下去，可是當他從悲憤的思緒中冷靜下來時，遂做了一個決定：「血債血償！」於是他想起前幾天登在各大媒體、出賣恐怖活動工具的廣告，便挪用一位客戶的一千萬美金來和他們交易，用這筆錢先買了等值的鑽石，再經過某種考驗，終於買到了他想要的東西（令他驚訝的是賣方竟是日本人）。

八月二十三日，美國國家廣播電台接到一份錄影光碟聲明：「美國夢，是多少人遠渡重洋來此的追求，但沒有人知道『美國夢』的背後是用多少冤魂所堆疊出來的，美國人踐踏著這些冤魂而高歌時，可曾想過有朝一日自己也會加入這些冤魂的行列？現在時刻到了，今日隨著美國立國精神象徵的摧毀，歡迎加入哭泣的行列。早上九點將是美國歷史的終結。」

早上九點，就在費城「美國獨立宣言博物館」上空一千公尺處，一個熱汽球載著一具一萬四千噸黃色炸藥當量的核子裝置爆炸了，爆心點下方半徑五百公尺內，致死率百分之八十，一千二百公尺內死亡率百分之五十。此次爆炸毀了「美國獨立宣言博物館」及館內的「獨立宣言」，造成二十五萬人死傷，並形成一片方圓五千公尺的核汙染區，同時宣告「美國精神」已同葬火海。

同一時間，北朝鮮宣布將「春川」交還南韓，因為北朝鮮無力收拾春川核爆的殘局。

在費城核爆後的三天內，美國各地又發生了三起核爆案及十一起自殺炸彈攻擊案。自此美國全國各地已風聲鶴戾、人人自危，全境各處烽火遍野，美國政府顧此失彼，疲於奔命。尤有甚者，根據所獲情資，販賣核彈的組織尚有四百多枚核彈在手上，是要從何防起？

重回朝鮮半島，北朝鮮其實已到強弩之末，兩次遭受核攻共造成十八萬軍人死傷，又需要一倍的人力去收拾善後，等於失去一半的兵力。自身核武只剩五枚原子彈，短期內也無法再生產，空軍也失去大半的戰力，現在北朝鮮舉國沸騰，卻無力報復，唯一的方法是到美國境內去報仇。

比起北朝鮮，中國也好不到哪裡去，除了陸軍實力尚存之外，空軍已失去近一半的戰力，短期之內再也無力組織發起大規模的空中行動。海軍則更淒慘，只剩一艘遼寧號支撐著昔日艦隊未經驗證過的榮光，而實際上卻連過去的一成戰力都沒有。而且中國精密軍事工業已大半被毀，沒有花個十年恐怕難以恢復舊觀。所以中國與北朝鮮都急需「和平」，但若要這兩國在談判桌上讓步，可說是緣木求魚。中國與北朝鮮這兩國的人民，已抱定了與敵人共赴黃泉的決心。

美國的陸基核武被摧毀了一千多枚，尚存一萬九千枚，海基核武（包括潛射）也被摧毀了近二千枚，尚餘二千枚，空射型核武則有九千多枚，全部完好無缺，所以美國的戰略核武仍有近三萬枚，仍是穩坐世界霸主之位。挾持此威，美國在談判桌上可說是絲毫不讓。

美國真正的燃眉之急在國內，才剛上任不久的臨時政府，已因反恐不力與外交無所作為而飽受抨擊。美國境內已無一處安全了，要躲避到國外去也已不可行，就在昨日，美國最後一個盟友英國，已宣布停止美國人的免簽證待遇，因為英倫三島已擠進了二千萬的美國人，英國已經負擔不了了。這是美國人民第一次嘗到因為戰亂而無家可歸，又無處可逃的境遇，而戰爭正是美國一手挑起的。

另一方面，在美國境內不斷擴大的暴亂與恐怖攻擊，令當局精疲力盡。所以對美國新政府而言，「安內」比「攘外」更加迫切。也因此美國對中國與北朝鮮的談判策略是先以「高姿態」對付。另外，美國新政府的成員一旦掌了權，發覺自己的國家竟擁有如此豐沛的軍事實力，便逐漸改變初衷，認為不需要讓步。再加上從最新的情報得知，中國自上次核攻擊華盛頓失敗後，戰略核武已剩不到三十枚，已難再對美國發動有效核攻，更不用說北朝鮮了。所以美國新政府對網路上的警告並未放在心上。對於中國與北朝鮮，等有空閒時再好好收拾他們就好，這次不會像前政府一樣優柔寡斷了，「我們會在正確的時刻給予致命的一擊。」美國新政府如此地想。這就是「權力使人傲慢」，人一旦換了位置，就換了腦袋。

八月二十九日，北朝鮮的報復來了。

八月二十九日，清晨八點，「金少尉」與他的飛行教官登上UH-60直升機，作一項運輸飛行的訓練，那是在美國鹽湖城陸空聯合訓練中心。「金少尉」是南韓軍人，是被派到美國準備接收一批新的UH-60直升機的備役軍官之一，由於剛發生「朴東俊」的事件，所以基地裡全部的飛行訓練都改成無武裝飛行。

教官「傑克遜」滿意地看著坐在他右座的這位年輕軍官，「金少尉」除了略顯陰沉之外，各項成績都可圈可點。但他不知道的是「金少尉」其實是北朝鮮的間諜。

直升機起飛了三十分鐘之後，到了基地南方七十公里處，忽然機身猛地下墜，教官轉頭望著「金少尉」，卻警覺一把手槍正對著自己，隨即「碰！」的一聲，教官「傑克遜」立刻斃命。「金少尉」接著壓低機頭轉往西飛，再飛了四十公里後，到一處與同夥早就約定好的地點，降落後載上一個裝置，跟著起飛朝東往基地飛去。五十分鐘後到達基地，直升機卻沒有降落，而是以一千公尺的高度，急速航向位於緊鄰基地東方的空軍訓練中心。由於直升機為非武裝，所以空軍訓練中心並未發出警報。說時遲，那時快，直升機就在空軍訓練中心的上空引爆了機內的核裝置。

這一次的爆炸摧毀了地面上的八架F－22B、十二架F－35，以及其它各式戰機約八十架，並摧毀了機堡中所停放的一百二十枚空用戰略與戰術核武，同時殺死了一萬六千人。

同一天，在馬里蘭州也發生了兩起由阿拉伯人所進行的核攻擊事件，共造成二十四萬人死傷，在美國各地更發生了十幾起濫殺事件。至此，美國已到達忍耐的極限，而民間開始謠傳，所有的恐攻事件都是中國在後面搞鬼。

八月三十日，美國政府發布公告：「中國一直無誠意與美國談判，又在背後策劃在美國境內的核攻，美國已不能再忍受了，限中國於三日內公開銷毀核武，並立刻停止在美國境內的恐怖活動，逾時美國將除去中國的一切核武！」

消息一傳到中國，引起全中國的沸騰，全中國一致的民意：「打一場核子戰爭！」

在中南海，主席召來國土安全部長，下令：「『睦鄰計畫』全部動員！」中國已下定決心了。

為因應美國的公告，中國公布將十萬名美軍俘虜中的六萬名移至北京，另四萬名移至南京，做為「人肉盾牌」。至此，這兩個城市等於已布下了最堅強的核子防禦網。

美國新政府大部分是由素孚眾望、卻無政治與外交歷練的人所組成，從未掌握如此巨大的權力，掌權之後更不知節制，心中只想著有能力對敵人做什麼，而從未想過後果。

遠在「百合之鄉」的「上野香津子」看到美國的公告，心知不妙，便以加密電郵連絡「台灣虎」，告訴他「旅人計畫」的原委，以及請教他事到如今該如何是好？「台灣虎」為她介紹一位美國人，要她告訴那個美國人關於「旅人計畫」的全部經緯，那個人名叫「貝克」，是美國眾議院情報委員會的主席，也是美國新政府十二名成員中立場較溫和的一位。

「貝克」自「上野香津子」處得到線索後，舉全國ＦＢＩ之力在，四十八小時內即破獲了「旅人計畫」的「火種」集團，逮捕六十二名「火種」，並且檢獲一百一十九枚核子裝置，即有六枚已賣出而尚未被使用。但美國政府卻公布已破獲中國的恐怖活動，並將對中國作出報復。

美國的這分聲明，是經過「貝克」力爭而無功之下的產物。在台灣同樣有人為了這份聲明氣得七竅生煙。美國的網路立刻又被不具名的駭入一則告示：「美國以誣陷中國作為核攻的藉口，若是美國真的核攻中國，美國將受到雙倍的懲罰與全世界的唾棄。紙是包不住火的，請美國三思而後行。」

可惜，美國新政府再也聽不進了。

九月三日早上七點，美國落磯山脈南麓，是美國最大的地下掩體式飛彈發射群，內有四百八十座三彈頭的洲際彈道飛彈。落磯山脈北麓則有另一較小的基地，已毀於上次的「死光彈」攻擊。就在此時，南麓打開了兩個飛彈發射口，分別射出一道火光，兩枚飛彈朝西而去，目標是中國。在聖地牙哥上空掠過、「新領土」所屬的「希望七號」人造衛星立刻捕捉到發射座標。

十八分鐘後，自A-6區，隨著「鯨魚二號」艦長一聲令下：「發射！」一共發射四枚飛彈，三枚朝東南、一枚朝東北飛奔而去。在洲際彈道飛彈尚未到達目標之前，落磯山脈南麓的發射群已被三枚「死光彈」搶先一步摧毀，另一枚朝東北射去的是二百萬噸級的融合彈，則在六十五分鐘後擊中馬里蘭州的安德魯斯空軍基地，同時也是美國境內最大的空軍核子武器貯存所。

兩百萬噸的彈頭在基地上空三百公尺處爆炸，爆炸的強大威力將基地及設施連根刨起，卻又把死傷範圍局限於基地方圓十五公里內，這次的攻擊，造成落磯山脈一千多枚戰略核彈頭毀損，及安德魯斯基地二千多件戰略與戰術核子武器毀滅，另也折損了四十八架F-35以及二十四架F-22。

青島，這是中國鄰近渤海灣的一個重要軍事基地，同時也是中國目前僅存三枚八百萬噸級「東風-39」的所在地。青島在數月前受到美國飛彈攻擊，劫後餘生的三枚八百萬噸及兩枚三百萬噸的「東風-39」經過搶修，現在已恢復待發射狀態，但卻被美國的間諜衛星探知。

兩枚自美國落磯山脈南麓襲來的洲際彈道飛彈，第一枚衝著青島而來。青島設有一座S-400C反彈道飛彈及一具「紅旗九」防空飛彈，並新設一套「抗EMP反彈道飛彈系統」，無驚無險地將三顆次彈頭全部攔截成功。

第二枚來襲的飛彈則直奔武夷山麓而至，三枚次彈頭皆如入無人之境般的在一千公尺上空爆炸，把武夷山麓方圓三十公里內的建物澈底摧毀。

武夷山麓飛彈發射群歷經前陣子的「死光彈」攻擊，發射群方圓十公里的地下網路內尚有十七枚「東風-41」飛彈，其中有十四枚看似完好無損卻又不能完成自測，正由中國技師全力搶修中，這回全部與飛彈共葬黃土。

美國的衛星偵測到青島的核攻失敗後，又從北達科他州的MX飛彈發射群連續發射五枚MX飛彈襲向青島。這次青島沒能逃過噩運，兩枚各一百萬噸的核彈在青島上空爆開，掃平了青島的洲際彈道飛彈，六十五分鐘後，美國北達科他州的MX飛彈發射群，內含二百一十枚MX飛彈，方圓三十五公里構內，全部被強大的中子流造成一片死寂。同時在西北方阿拉斯加的安克拉治機場也受到一枚兩百萬噸的金屬融合彈攻擊，將構成的三千件核子武器完全鏟除。美國新政府依然不知是誰連續攻擊各發射基地，但卻仍舊誣指一切皆是中國所為。

在中國，面對國內一波接一波怒火，中國國家主席問國土安全部長：「我們的『睦鄰計畫』還要多久才能發動？」

國土安全部長答：「船隻再一百小時即可就定位。」

主席說：「一到位馬上作發射準備，一切就在此一擊了。」

中國打算孤注一擲了。

在朝鮮半島，局勢起了微妙的變化，南韓竟然擅自與北朝鮮達成停火協議，北朝鮮退回仁川的占領軍，將狼爪縮回老家舔傷口去了。

在美國，雖然核基地屢受重創，新政府的成員卻是士氣大振，他們認為中國已無核武可攻擊美國了，從此可以頤指氣使中國了，遂對中國提出最後通諜：「限中國在七天之內準備遣回美國戰俘，否則美國每一日毀滅一個中國城市。」

美國的網路立刻又被駭入一則不具名的警告：「美國真是死不悔改，既然美國不願與世人和平生活在地球上，我們只好在這些害蟲毀掉地球之前將之除去，自四十八小時後，我們將每日摧毀一個美國城市與一個美國的核基地，直到美國人自己把這個不人道的政府推翻。在此預告，第一個將毀滅的城市是巴爾的摩，第二個是聖路易斯，第三個是舊金山，第四個將毀滅的城市是明尼亞波利斯，住在這四個城市的人們，快逃吧！還有，美國更應該要擔心的是中國的報復。如果美國認為，對一個有十三億人口的國家投下數十顆核子彈能無事脫身的話，那未免太天真了。美國禁止別人使用生化武器，可是美國七十多年前強搶日本七三一部隊，免除這些喪心病狂的戰犯受審判，並盡吞了七三一部隊的血腥成果，二〇二〇年美國自己反受日本以H9N9攻擊，導致十數萬美國人死亡。美國禁止別國生產核武，而自己卻擁有最多核武？又默許爪牙偷偷生產核武！以致二〇二〇年美國首受日本連續核攻，美國人死亡超過一百萬人，這就是報應。如今報應尚不能使美國清醒，接下來就是懲罰了。」

美國人自新政府所營造勝利的高昂氛圍中，突然被當頭淋下一盆冷水，原來自己已面臨國破家亡的迫切危機，美國人之中有人想到，為什麼全世界有那麼多人恨我們，甚至寧願犧牲自己也要造成美國人的傷亡。近幾年來做為一個美國人，已不再是光榮，而是充滿著屈辱和危機，原來美國政府是如此地泯滅人性，有人開始思考該如何為自己尋找出路。

美國民眾開始覺悟了，在民間積極串聯。

美國新政府在十天前，已祕密組成一支內有八艘俄亥俄級與七艘維吉尼亞級和一艘海狼級的龐大潛艦隊，五天前由巴拿馬運河進入太平洋，而因「飛魚一號」與「鯨魚二號」七天前已撤回蘇澳整補，所以美國潛艦隊便如入無人之境般的進入東太平洋。

美國這次出動了八艘俄亥俄級是為了就近攻擊中國，並避免發射地再被毀。另一方面，美國雖不知道是誰多次攻擊發射地，但鯨魚級四次發射飛彈的火光已被美國測得都在

Ａ５區，所以八艘俄亥俄級中，有兩艘分別在Ｄ５區及Ｃ６區埋伏，以待下次偵測到飛彈發射的火光時，立刻以「三叉戟」飛彈施以鋪天蓋地的核子攻擊。

美國東部時間九月八日早上八點，巴爾的摩的死亡時限到了，「鯨魚三號」將進行一次在射程邊緣的發射行動。

「鯨魚三號」選擇儘量靠近美國西岸的Ａ５區做為發射地，時間到，艦長一聲令下：「發射！」兩枚飛彈朝東奔向各自的目標。

發射完飛彈後，「鯨魚三號」艦長立刻下令：「下潛至九百公尺，向西南全速前進。」為免驚動美國海岸防衛隊，「鯨魚三號」立刻深潛到艦體極限邊緣，並脫離現場，就是這一個決定救了「鯨魚三號」。

西南二千三百公里處海面，俄亥俄級一號艦已在此埋伏多時，突然「接收衛星敵艦座標」，「來了！」艦長想，急令：「設定目標座標及攻擊模式，二十四號發射管預備。」「發射！」指揮艙中一陣忙碌，僅用了十三分鐘，就把「三叉戟Ｄ-4」飛彈發射出去。

「三叉戟Ｄ-4」是全世界最強大火力的彈道飛彈，射程七千公里，每一枚飛彈攜帶八枚次彈頭，每一枚次彈頭有七十萬噸黃色炸藥威力。

「三叉戟Ｄ-4」經過不到二十分鐘，飛抵Ａ５區上空，分裂成八個彈頭，以中央一枚、其餘七枚形成七角形十公里半徑的形狀落海，在離「鯨魚三號」發射完飛彈後的第三十一分鐘後，於水深五十公尺處爆炸，此可摧毀半徑二十公里以內的所有目標。

「三叉戟D-4」核彈爆炸時，「鯨魚三號」雖已駛離二十三公里，但仍受到強大的爆炸震波衝擊，艦上三分之一的電磁推進器故障，調整後仍可以九節的航速行駛。艦長下令：「全艦轉向西北航行。」另外，「飛魚三號」在爆炸時身處五十公里外，這時也趕來與「鯨魚三號」會合。

「鯨魚三號」所發射的飛彈，一枚往東，一枚稍往南，往稍南的一枚首先到達「肯塔基州」的「潘興二號」飛彈發射群，十萬噸級的「死光彈」在基地上空二千公尺處爆開，消滅了下面半徑十公里內的一切人畜及儀器。

另一枚飛彈稍後也在巴爾的摩上空三千公尺處爆炸，摧毀地面建物和未及逃離城市的人們，這是一顆六十萬噸級的金屬融合彈。

美國政府緊急公告大眾：「在西海岸發射飛彈攻擊美國的潛艦已被摧毀，今後不會再有美國城市被炸。另外，警告中國，我們已在太平洋部署了十多艘飛彈潛艦，現已瞄準中國各大城市，只要我們一聲令下，將有二千多枚核彈頭準確的擊中目標，中國是無法抵擋的，趕快投降吧！」

此聲明一出，部分美國人立刻改變立場，他們認為既然美國是如此強大，那麼美國人的作為也不算過份，但仍有一部分人隱隱覺得不妥，還有就是在被指名攻擊的城市居民，不願把自己的生命賭在政府的一紙公告上。

俄羅斯對美國此舉非常憤怒，警告美國：「美國竟在東太平洋使用八顆核彈（指的是『三叉戟D-4』），完全無視大家所擁有的這片土地，如今又試圖繼續在太平洋使用大量的核武，此舉已令人不能容忍。俄羅斯已將全國核戰等級升至第四級，並將派出十六艘核子飛彈潛艦到格陵蘭南方海域，全俄羅斯有一萬五千多枚核彈已處於備發狀態。」

在「鯨魚三號」發射完飛彈後的第二天，在B5區，「鯨魚一號」也發射了兩枚飛彈朝東而去。發射完畢後立即開動噴射引擎，急速往南而去。當美國的「三叉戟D-4」在二十五分鐘後落水時，「鯨魚一號」已在三十六公里外，毫髮無傷。而「鯨魚一號」所發射的兩枚飛彈也在稍後摧毀了聖路易斯，以及消滅了肯塔基州內的另一個飛彈發射群。

聖路易斯被摧毀，狠狠打擊了美國政府的威信，美國老百姓開始覺得美國政府一直在惹麻煩，而後果卻是美國人民不斷的家破人亡。（美國海軍竟然在加州海岸一百公里以內引爆了八枚核彈，不只毀了一個海岸的漁業，其核子餘毒更將影響西海岸達數十年。）

如今最迫切需要的，是為舊金山及明尼亞波利斯尋找活路。

九月九日正午，在聖路易斯被毀後的數小時，加州政府宣布脫離美國聯邦政府（舊金山在二〇二〇年曾受日本核攻，至今尚未重建一半，沒有人能比舊金山更深切感受那家毀人亡的痛）。

第二天，九月十日，明尼蘇達州也宣布脫美國聯邦政府。

美國網路又被駭入一則不具名的公告：「舊金山及明尼亞波利斯已於被毀滅的危機中自救，自九月十二日起，下一個被毀的目標將是托彼卡，第二個是卡森城，第三個是羅斯堡。」

對於接踵而來的挑戰，美國新政府認為只要打贏這場戰爭，一切便可迎刃而解，反正美國給中國的期限已經到了。

在西太平洋，「飛魚四號」四天前才出港，準備到東太平洋執行任務，現正在花蓮東方四千六百公里已近中太平洋的海域。「飛魚四號」在兩個小時前才上浮接數潛艦隊本部的命令，被告知美國飛彈潛艦已大批進入中太平洋，一旦遭遇一律擊沈。

「飛魚四號」下潛後，潛艦以二十五節繼續向東前進，兩個小時後，聲納室報告：「聲納接觸，東方十四公里，微弱聲音，命名為T1。」

艦長：「減速至十五節。」

聲納室又報告：「是美國維及尼亞級核子動力攻擊潛艦，距離十二公里，它正以十五節的航速向西前進，正好在本艦的攔截航路上。」

艦長下令：「一號、二號魚雷備便。」

聲納室：「距離十公里、距離九公里。」

艦長下令：「發射一號魚雷！」剎時噴射魚雷呼嘯而去。

「魚雷接觸目標二分鐘……一分四十秒……螺旋槳空蝕聲，一分鐘……又一空蝕聲，新目標接觸，東南方十二公里，命名為Ｔ２。」聲納室持續報告。

艦長下令：「加速至三十節，二號魚雷備便。」

「魚雷距目標十秒……，命中目標Ｔ１。」

「Ｔ２距離十公里，也是維及尼亞級，Ｔ２轉向東逃離。」

艦長下令：「四十節追上去。」

這時，聲納室又有新發現：「十四公里處又有一隻兔子被驚動了，是雙螺旋槳，更後面又來了兩隻，也是雙螺旋槳，依序命名為Ｔ３、Ｔ４和Ｔ５。天啊，我們簡直像是撞進了兔子窩了，是俄亥俄級。」

「Ｔ３東方十三公里，Ｔ４東南十四公里，Ｔ５東北十五公里，Ｔ２目前距離十公里。」

艦長下令：「一號魚雷重新裝填，目標Ｔ２。」

「Ｔ２距離九公里……八公里……。」

艦長下令：「發射！」

「魚雷接觸兩分四十秒，二分二十秒……兔子又被驚動了，Ｔ３、Ｔ４、Ｔ５都往回跑。」聲納室報告。

艦長下令：「追擊最近的Ｔ３。」

「魚雷接觸一分四十秒，本艦距離Ｔ３十一公里，魚雷接觸五十秒……四十秒……，本艦距離Ｔ３十公里。」

艦長下令：「二號魚雷備便。」

「二號魚雷命中Ｔ２，Ｔ３距離九公里。」

艦長下令：「二號魚雷發射！本艦轉朝東南追擊Ｔ４，魚雷重新裝填。」

「魚雷接觸Ｔ３時間二分四十秒……等等……啊！水中有魚雷朝我艦襲來，南方八公里，速度六十八節，是ＭＫ－52！」聲納室驚呼！

艦長下命：「全速朝北前進，先跟它競跑一下，再試試看新式的誘餌管不管用。為防萬一，噴射推進器備便。」

原來海狼級憑仗著本身優越靜音的特性，在南方埋伏，「飛魚四號」根本沒有察覺，直到海狼級發射ＭＫ－52魚雷時才驚覺它的存在，並命為Ｔ６。

「魚雷距離我艦七公里，本艦速度四十節，本艦所發射的噴射魚雷即將命中Ｔ３。」

「南方八公里聲納接觸，是美國海狼級（Ｔ６），它追過來了！」

艦長：「很好，繼續加速，誘餌備便。」

「噴射魚雷命中Ｔ３，本艦航速四十三節，追擊本艦之魚雷距離六公里，本艦航速四十五節，海狼級距離本艦七點五公里，其航速三十七節。」

「本艦速度已到極速的四十八節，來襲的魚雷距離五公里。」

艦長下令：「誘餌放出！」

誘餌由艦尾游出，「誘餌距本艦一公里……二公里，來襲的魚雷距離本艦四公里，誘餌爆炸！誘餌爆炸產生空洞及巨大的擬電磁網，來襲的魚雷距離空洞一公里……五百公尺……魚雷爆炸了！」聲納室一片歡呼聲。

艦長下令：「減速至十節。」

「T6在南方八公里。」

艦長下令：「五號、六號魚雷備便，五號、六號魚雷發射！」

海狼級（T6）連躲都沒得躲，在兩分鐘後被兩枚噴射魚雷擊中，重創了海狼級，沉入了黑暗的海底。

這時，聲納室：「聲納接觸，東方十一公里，是T5！」

艦長下令：「追上去，全速前進，三號魚雷備便。」

「T5距離十公里……九公里。」

艦長下令：「三號魚雷發射！各魚雷重新裝填，本艦向東南前進！」

「魚雷預計二分四十秒接觸T5。」

「魚雷接觸三十秒……魚雷命中T5！」

「T5僅受不明程度創傷，仍以三節航行。」

艦長下令：「四號魚雷發射！」第二枚噴射魚雷終於把負傷逃走的T5擊沉。之後又花了四十分鐘才找到趁亂溜走的T4，並將它擊沉。

「飛魚四號」創下了多項世界紀錄，可惜不能公諸於世。

同一時間在東太平洋，「飛魚二號」與「飛魚三號」分別在D6區與C7區埋伏。當收到衛星告知美國潛艦在C7區發射彈道飛彈時，其方位竟然在「飛魚二號」的東北方七十公里，「飛魚二號」立即趕去攔截，最後將俄亥俄級及伴隨的維及尼亞級雙雙擊沉。這樣一來，美國在太平洋的俄亥俄級只剩四艘了。

九月十一日，美國堪薩斯州、內華達州、奧勒岡州等三個州宣布脫離美國聯邦政府獨立。

在中國，「船隻已就定位。」國土安全部長報告。

「可以發射了。」主席下了一個可能影響全中國的命令。

本來，命令下達約三十分鐘後，將會有十六枚飛彈從太平洋及大西洋發射，所以也同時命令位於浙江的第二個「東風飛彈」發射群打開發射口，準備在確認第一次十六枚飛彈的成果後再對應發射。但是在十六枚飛彈發射前，卻傳來預警衛星偵知飛彈來襲的警告：

「兩枚來自中太平洋所發射的潛射彈道飛彈來襲，發射座標定位完成。」

「來襲的飛彈目標是浙江飛彈發射群，兩枚都是，落地預定十八分鐘。」

國土安全部長緊急下令：「那是多彈頭飛彈，我們無法完全攔截，快改變發射目標為美國潛艦，十五分鐘內一定要完成發射。」主席點點頭，二砲司令員：「馬上辦。」

於是在美國的飛彈落下之前的兩分鐘，九枚東風飛彈射出去了，而兩分鐘後，浙江飛彈發射群被十六枚（兩枚「三叉戟D-4」共有十六個次彈頭）各七十萬噸級的核彈炸得屍骨無存。

三分鐘後，在加利福尼亞灣一艘、加勒比海一艘、美加邊界海域的大西洋兩艘，共四艘偽裝的貨櫃船，在幾乎同一時間射出共十六枚「東風-26」彈道飛彈。目標是華盛頓（兩枚）以次的十四個大城市（各一枚），再二十分鐘後，飛彈相繼在這十五個城市上空一百八十公里處爆炸。

又過了十分鐘，九顆中國發射的「東風-41」飛彈，帶著九枚各一百萬噸的核彈頭，在中太平洋落水了。彈頭在水下一百五十公尺爆炸，造成半徑四十公里的毀滅性爆震波，摧毀了三艘俄亥俄級與兩艘維及尼亞級潛艦。

在美國，那些遭核子彈在高空爆擊的十五個城市居民，都知道接下來將會發生什麼事，除了華盛頓外，十四個城市所在的州政府都在三十分鐘內發表緊急聲明：「脫離美國聯邦政府，請中國不要攻擊。」

四十分鐘後，一枚「東風－39a」三彈頭飛彈（其實這是中國現在唯一的一枚ICBM）射向華盛頓。再五十分鐘後，三顆各兩百萬噸的重返大氣層載具，一路通行無阻的在華盛頓上空四千公尺處爆炸，在地下碉堡的新政府成員雖然逃過一劫，但再也無人理會從碉堡發出的任何指令了。

立刻又有二十九個州宣布脫離美國聯邦政府，美國事實上已經解體了。美國獨立各州組成了東岸連盟、加勒比海連盟、西岸連盟、北部連盟以及中部連盟。

五大聯盟發表共同宣言：「已控管了戰略核兵器，今後若有任何國家對美國核攻擊，將對其作出全面的反擊。」

至此，總算解決了美國的燃眉之急，因為他們最擔心的是，俄羅斯會趁美國的核兵器脫離掌控的數小時中攻擊美國。

第十八章　結局

二〇二二年十月十日，新成立的五大聯盟共同發表國防外交宣言：

「北美獨立聯盟是由四十九個各自獨立的州所組成，除了美洲本土之外，前美國的海外屬地，如果不願獨立，仍可受北美獨立聯盟保護。聯盟將裁撤陸軍，唯保留一支海軍（規模約前美國的三分之二）及一支空軍（規模約前美國的二分之一），並保有八千件戰略核武，但不再生產核武，聯盟從此不再介入他國事務，但全世界各國皆不得再使用核武，如有違者，聯盟將對其做出核報復。

「聯盟將特赦二〇二二年十月十日以前的所有恐怖活動，自十月十日起，若發生對聯盟成員的恐怖活動，執法單位將以超越憲法之一切手段打擊。

「聯盟將概括承受美國所遺留下的義務，對於此次戰爭的善後事宜，可交由國際法庭仲裁。」

「美國」，自十八世紀末建國以來，短短不到一百年，即在十九世紀末的國際舞台嶄露頭角，更在二十世紀中期國力膨大到不可一世，到二十世紀末達到巔峰，二十一世紀初頹象初現，在二〇二〇年日本戰爭中受到日本攻擊時，敗勢已呈，此時又未記取教訓，二〇二二年又掀起對中戰爭，終以家毀國散收場，卻也使世人免於繼續無盡地受到帝國主義的利用與擺布。

其實，這次美國發動戰爭，一開始就注定要以失敗收場，美國若想遠渡重洋攻擊中國，又想把中國打得永無翻身之日，則美國必須要有十倍於中國的國力，才能成事，而那只有核武才堪以任之。

但是美國此舉至少要用到五千枚核彈，作為第一波打擊，並且對中國各大城市的毀滅性攻擊，又要準備承受至少數百枚殘餘核彈的反擊，同時也基於難以預計俄羅斯的反應，以及同時將五、六千枚核子彈在地表引爆，可能會引起「核子冬天」[8]效應。所以在用傳統武器偷襲而未達預定的效果後，又使用「借刀殺人」硬將台灣扯入，不惜犧牲大量台灣人的生命，繼而事敗且多了一個敵人。

美國引起局部的核戰後，眼見占不了便宜，便公開要以傳統武器與中國、北朝鮮決戰，卻因過分自大，以為戰局可依自己的如意算盤一步步進行，因為錯失先機，使得局勢逆轉，一發不可收拾，雖然最後曾有可圈可點的反擊行動，卻已無回天之力，而以全軍覆沒收場。

一群美國領導決策階級，眼見自己的政治地位岌岌可危，便又使出「嫁禍江東」之計，再次把台灣及韓國扯進來，事敗後又不惜得罪全世界的媒體，而用「殺人滅口」之計，功虧一簣，遂不得已硬著頭皮，再度發生核戰，最後這一批人被憤怒的美國老百姓推翻逮捕。

在台灣的強力介入之下，最後使得華盛頓免於毀滅的命運，卻也種下了台灣與中國間的新仇。

豈料美國新政府上台後，由於成員多為無經驗的素人，一旦遇上無法輕易解決的難題，加上初次執掌史無前例的龐大資源，便覺得什麼都可以用武力解決。以致於再度使用核武，其更甚於前朝，導致美國與全世界為敵，最後終於造成國家的分崩離析。

台灣無端被捲入美國與中國間的戰爭，為保護中華民族的血脈，導致桃園、台中、台南三地被毀，死傷近一百萬人，卻仍被中國視為眼中釘，種下日後難以化解的心結。

自一九八〇年代，台灣遵循第二代領導人的遺命，暗地裡反制日本對中國的侵略陰謀，一九九五年打亂了日本的侵華時間表，更在二〇〇八年與中國聯手對付日本，直到二〇二〇年日本終於惡貫滿盈而招滅國之禍。

到了二〇二二年，又與中國連合對抗美國，台灣所保護的，卻是對台灣威脅最大的

「中國」，這就是台灣的宿命，好在二〇二六年以後，情況就會改變，因為「泰山計畫」在二〇二六年就期滿了。

注釋　武器原理說明

1　二次反應

核融合所需的高溫必須要靠一次核分裂來獲得，然後產生的核融合反應稱為「二次反應」。所有的核子彈都必有一個雷管，即俗稱的「原子彈」。

2　動量不滅定律

m_1（前進的質量）乘以V_1（前進的速率）等於m_2（後座力質量）乘以V_2（後座力行進的速率）。這在動能的分配上產生了極為有趣的變化。一顆子彈射出方與後座力的總和動能是一個定數。

而 $E=\frac{1}{2}mV^2$，所以開槍時若以槍托抵住堅硬的牆壁或地面，即是以地球為後座力中心，則m_2等於無限大，V_2等於無限小。V_2的平方幾近於零，如此則彈頭可分配到最大動能。

3 **浸潤**

將「X金屬」的同位素做成核反應爐圍組體的內襯，長時間接受多餘中子的撞擊，其中的一部分中子會停留在「X金屬」，最後會產生少許的「X－29」。

4 **高輻射武器**

利用核爆，同時加強中子輻射的武器，稱為「中子彈」。但在本書所指的是更上一層樓的融合武器。其融合體本身就是一個具有大量同位素中子的物質。當產生融合反應時，兩個原子融合成一個新原子，並挾著超高溫與能量，放射出五十八個多餘的中子，造成無堅不摧的致命效果。中子放射過後，不留痕跡，不傷建物。

5 **死光彈**

有別於美國在一九七〇年代所製成之「中子彈」，「中子彈」是利用核分裂，將自然界帶多餘中子的特殊物質放射，以達致命效果。「死光彈」是融合型中子彈，其特點是它的融合物質含有極高的多餘中子，每融合成一個新原子，會放出五十八個中子，而且其射出時，會夾帶數以百倍於中子彈的動能，故「死光彈」的中子密度與高能無堅不摧。

6 **電磁推進**

先將船體周圍的水磁化，再利用船體內的電磁交互力前進。

7 **獵兔犬戰機**

海獵鷹戰機的原名，取名緣於㹴式獵犬上躍、下撲入雪地獵兔而得，一九七〇年代因其名會洩漏戰術而改名。

8　核子冬天

大量核彈爆炸，所引起的塵雲阻隔日光射入地表，造成高緯度地區而致全球的寒冬效應。

帝國末日 2：獵鷹行動

作　　者　T.W.虎

發 行 人　林敬彬
主　　編　楊安瑜
副 主 編　黃谷光
編　　輯　黃暐婷
內頁編排　黃谷光
封面設計　王雋琈
編輯協力　陳于雯

出　　版　大旗出版社
發　　行　大都會文化事業有限公司
11051台北市信義區基隆路一段432號4樓之9
讀者服務專線：(02）27235216
讀者服務傳真：(02）27235220
電子郵件信箱：metro@ms21.hinet.net
網　　　　址：www.metrobook.com.tw

郵政劃撥　14050529 大都會文化事業有限公司
出版日期　2017年06月初版一刷
定　　價　300元
ISBN　978-986-93931-9-5
書　　號　Story-25

First published in Taiwan in 2017 by Banner Publishing,
a division of Metropolitan Culture Enterprise Co., Ltd.

4F-9, Double Hero Bldg., 432, Keelung Rd., Sec. 1, Taipei 11051, Taiwan
Tel: +886-2-2723-5216　Fax: +886-2-2723-5220
Web-site: www.metrobook.com.tw
E-mail: metro@ms21.hinet.net

國家圖書館出版品預行編目(CIP）資料

帝國末日2：獵鷹行動 / T.W.虎著. -- 初版. -- 臺北市：
大旗出版：大都會文化發行, 2017.06
272 面 ; 21 × 14.8 公分. --（Story-24）

ISBN 978-986-93931-9-5（平裝）

857.7　　106007970

大旗出版
BANNER PUBLISHING

大旗出版
BANNER PUBLISHING